여름과 루비

박연준 장편소설

여름과 루비

summer, ruby

은행나무

JJ에게

차 례

1부

2부

1부

어린이의 정경_1986

　　일곱 살 때 나는 '작은' 회사원 같았다. 하루하루가 길고 피로했다. 맡은 임무가 있었지만 중요한 일은 아니었다. 조용히 앉아 책 읽기, 글씨 베껴 쓰기, 텔레비전 보기, 심부름하기, 말하지 않기, 뛰지 않기, 울지 않기, 쓸데없이 밖에 나가지 않기, 손님이 오면 인사하기, 손님 앞에서 낭랑한 목소리로 동시 암송하기, 한숨 쉬지 않기, 인사하기 인사하기 인사하기, 겸양 떨기.

　　아니에요, 천만의 말씀입니다. 고맙습니다. 괜찮아요.

　　인사하기.

　　일곱 살 때 이미 나는 지쳤다. 지나치게 예를 갖추어야 했기 때문이다. 나는 공자보다 더 예와 형식을 중요시해야 했다. 나를 둘러싸고 있는 건 규율과 법칙이었다. 규율과 법칙, 그 사이에 얼굴을 들이밀고 숨거나 죽은 척하기. 아이에겐 퍽 어려운 일이었다. 나는 누군가에 의해 자주 들어올려지고, 불려다녔다. 얼굴이 다 닳은 이파리처럼, 일찍이 시들어 있었다. 주로 고모가 불렀다. 여름! 여름! 이름이 불릴 때마다 아무때고 불리는 여름은 물론, 여름이 아닌 계절들까지도 긴장했으리라. 나는 녹지 않는 여름이었다. 녹을 기회가 없었다.

고모가 부른다. 달려간다.

"가서 가위 가져와."

가위를 대령한다.

"틀렸어. 다시! 어떻게 줘야 하지?"

"두 손으로요."

"다시."

"한 손으로요."

"다시!"

우물쭈물하면 침묵이 도착한다. 침묵이 시간 위로 내려앉는다. 침묵은 아이의 존재를 잠식한다. 이 세계에서 다른 세계로 밀려나게 한다. 침묵이 나를 휘감고, 납덩이처럼 목을 조르는 일을 자주 겪는다. 먼지처럼 가벼이,

우주를 떠도는 일. 도대체 가위란 무엇이며, 인간이 인간에게 가위를 전달할 때 어떤 방식을 취해야 할까? 세상에는 왜 이렇게 법칙이 많을까? 알 수 없는 걸 알아내야 할 때의 괴로움으로 나는 찌부러지고 있다. 그때, 시간의 균일한 흐름을 깨고 돋아난 버섯처럼 사촌언니가 등장한다. '날을 네 쪽으로 들어. 네가 뾰족한 쪽을 쥐고 드려야지.' 속삭임은 은밀하다. 은밀한 애정이 담겨 있다. 사촌언니의 사랑으로 나는 고통에서 벗어난다. 위로, 위로, 떠올라 제자리를 찾는다. 사촌언니의 말대로 가위 날을 손에 쥔다. 차갑다. 찌그러진 눈깔 한 쌍 같은 가위 손잡이를 고모 쪽으로 해 건넨다. 눈을 지그시 내리깔고 두 손으로 건네며 예의를 갖춘다.

"됐어."

고모는 가위를 들고 자기 방으로 들어가 문을 닫는다. 아마 몇 시간 동안 나오지 않을 것이다. 고모는 늘 머리가 아프고 혼자 있고 싶어 하니까. 그 속에서 무슨 일이 일어나는지 모른다. 나는 가위 날을 쥐고야 살 수 있었다.

사촌언니가 내 손을 잡고 말한다.

"놀러가자."

우리는 둘만의 비밀 수첩을 꺼낸다.

"어디까지 썼어?"

"다 못 썼어. 자막이 너무 빨리 지나가."

우리는 텔레비전 앞에 앉아 만화영화를 기다린다. 고모의 기분을 상하게 하면 안 되므로 속삭인다. 만화영화 속 등장인물을 맡은 성우들의 이름을 알아내는 것, 한 명도 빠짐없이 알아내는 것, 우리가 원하는 건 그뿐이다. 우리는 사명감을 가지고 그들의 이름을 알아내려 한다. 그러나 끝내 몇 명은 알아내지 못하고, 적지 못하고 지나칠 것이다. 주의집중을 하지 못해서, 성우들 이름이 적힌 자막이 너무 빨리 지나가서. 공기가 너무 무거워서. 우리가 너무 어두워서. 우리가 너무 슬퍼서.

피아노

    고모는 목소리와 눈빛만으로 아이들을 제압하는 사람이었다. 십 년 전에 자신이 낳은 딸 하나와 칠 년 전에 남동생이 낳아온 나, 끊임없이 돌보고 '관리'해야 할 아이 둘과 네 대의 피아노가 놓인 피아노 교습소가 고모가 가진 전부였다. 물론 그 밖에 가진 게 더 있었을지 모르지만 내겐 고모가 중요시 여기는 게 그 정도로 보였다. 피아노 교습소 이름은 겨울피아노였다. 사촌의 이름이 '겨울'이었기 때문이다. 언젠가 '여름피아노'도 생길까 기다렸지만 그런 일은 일어나지 않았다. 나중에, 그건 내게 엄마가 없기 때문이란 걸 알았다. 피아노, 피아노를 배우는 사람, 피아노를 가르치는 사람, 피아노 교습소를 운영할 수 있는 사람보다 더 우선해 있어야 할 건 엄마였다. 엄마가 있어야 아이 이름으로 무언가가 생길 수 있다. 그걸 몰랐으므로 나는 오래, 기다리기만 했다.

　나는 고모의 눈빛을 보고 세상의 기류를 느꼈다. 날
씨와 계절, 크고 작은 미래를 감지했다. 고모는 나를 아
꼈다. 사랑하는 남동생이 어디선가 낳아온 아이가 나였
으므로, 골치 아파하면서도 아꼈다. 고모는 남동생을 향
해 한 번도 모진 말을 하지 않았다. 네 살 터울의 남동생
이 여섯 살이 될 때까지 업고 다녔다고 한다. 고모에게
남동생은 다루기 어려운 타인이었다. 가족 간의 사랑도
남녀 간의 사랑도 아닌, 한 인간이 자신에게 중요한 인
물과 관계할 때 보이는 애정이 둘 사이에 있었다. 고모
는 남동생의 매력에 빠져 있었다. 그리스신화에 나오는
미소년 아도니스라도 되는 듯 남동생을 찬미했다. 누군
가의 매력에 빠진 사람은 그가 잘못을 저질러도 쉽게 화
를 내거나 그를 버리지 못한다. 고모는 남동생을 이해하
는 사람이었다. 쟤가 왜 저러는지 나만 알아. 사랑을 손
에 쥔 자가 누리는 특권인 듯, 고모는 그렇게 말했다. 가
끔 뒤통수가 따가워 돌아보면 고모가 나를 보고 있었다.
해석이 어려운 눈빛으로. 바라보았다.

나는 글자보다 피아노를 먼저 배웠다. 고모의 피아노 교습소에 수강생이 없을 때, 방 네 개 중 세 개 이상이 비었을 때에만 혼자 들어가 피아노를 쳤다. 베토벤, 모차르트, 바흐, 슈만의 이름이 붙은 네 개의 방 중 내가 가장 좋아한 건 베토벤이었다. 그의 귀가 들리지 않게 되었다는 이야기를 들어서인지 마음에 들었다. 그게 음악이라면, 소리를 빼앗긴 상태에서도 태어날 수 있어야 한다.

베토벤 방에는 갈색 삼익피아노가 있었다. 나는 그 피아노를 좋아했다. 검은색 영창피아노는 악기처럼 보이지만 갈색 삼익피아노는 가구처럼 보였다. 가구를 매만지듯 연주하는 게 좋았다.

처음 피아노를 배우던 날, 나는 긴장했다. 고모는 무엇이든 해내지 못하는 걸 싫어했다. 잘 못하는 것은 더 싫어했다. 고모가 미간을 찌푸린 채 하나로 높이 묶은 머리를 풀어 찬찬히 다시 묶거나 피아노 앞에 앉은 아이의 손목을 쩨려보면 화가 났다는 뜻이었다. 소리 없이 말이 오가는 현장. 고모는 말하지 않음으로 말하는 법을 알았다. 아이들은 그런 식의 말을 어른들보다 더 잘 알아듣는다. 고모가 내 앞에서 머리를 풀고 다시 묶는 것을 보고 싶지 않았으므로 정신을 바짝 차렸다. 화가 나면 고모는 소리를 지를 테니까. 2분 음표! 두우우 박자! 몇 번을 말하지? 왜 획 지나가느냐고! 이런 장면을 얼마나 많이 보았던가. 나는 고모가 설명한 대로 피아노 앞에 허리를 세우고 앉았다. 계란을 쥐듯 손을 오므렸다. 손목을 떨어뜨리지 않은 채 앞을 보고, 피아노를 쳤다. 나는 음계를, 악보를 보는 법을 이미 알고 있었다.

"다른 애들은 아무리 말해도 고개를 숙여 건반을 보는데. 너는 악보를 보네. 아주 똑똑해!"

내가 건반을 보지 않고 악보를 읽는 아이라서, 피아노 앞에서 똑똑해지는 아이라서 고모는 만족했다.

신호등

대문은 파란색이다. 그 너머 너른 멍석 세 개를 펼쳐 놓을 수 있을 만한 크기의 마당이 있다. 나는 하루의 반의반의 반의반을 여기서 보낸다.

아무것도 하지 않거나 붉은 벽돌을 바닥에 문질러 고춧가루를 모으거나 세발자전거를 타고 앞뒤로 몸을 흔들거나 세 들어 사는 아줌마가 방 안에서 전화하는 목소리에 귀를 기울이거나. 대체로 이런 일을 한다. 집은 비어 있을 때가 많다. 어른들은 죄다 나갔고, 나는 돌봐줄 사람이 없으므로 나갈 수 없다.

오늘도 유치원에 가지 않았다. 나는 깜빡인다, 세상에서, 아주 작은 점처럼 깜빡이며 존재한다. 늘 존재할 수는 없다. 욕심쟁이들만 늘 존재한다. 나는 존재하는 것을 깜빡 잊는다. 잊는다는 것을 또 잊는다. 자주 울고, 웃는 것을 잊었다고 생각할 때만, 잠깐 웃는다. 사람들은 나를 고장 난 신호등을 보듯 바라본다.

대문을 밀고 사촌언니가 들어온다. 사촌언니를 끌어 안는다. 사촌언니와 함께 집 안으로 들어간다. 오늘 유치원에 가지 못해 심심했다고 말한다. 사촌언니는 냉장고에서 깎아놓은 과일이 담긴 통을 꺼낸다. 식탁에 앉아 그걸 먹는다. 사촌언니가 아이스크림을 먹겠느냐고 물어서 고개를 끄덕인다. 내가 아이스크림을 반도 먹기 전에 사촌언니는 이미 다 먹었다. 남은 아이스크림을 사촌언니에게 건넨다. 나는 식탐이 없다. 사촌언니는 자꾸만 살이 찐다. 고모는 사촌언니를 에어로빅 센터에 등록시킬 거라고 말했다. 사촌언니는 곧 에어로빅을 하게 될지도 모른다.

"빨리 가자. 고모가 5시까지 오라고 했어."

고모는 마지막 수강생을 가르치고 있다. 최근에 바흐 인벤션과 베토벤 곡까지 진도를 나간 6학년 언니다. 고모가 예뻐하는 학생이다. 고모는 그녀의 머리핀과 단정한 옷차림을 칭찬하며 배웅한다. 고모와 사촌언니와 나는 교습소에서 오 분 거리에 있는 재래시장에 들른다. 고모는 우리에게 호떡 하나씩을 쥐여준 다음 이 집 저 집 들러 찬거리를 산다. 고모의 양손에 짐이 늘어난다. 내가 호떡을 싫어하는 걸 고모는 모른다. 사촌언니는 호떡 하나를 급하게 다 먹은 뒤, 내가 앞니로 깨물어만 놓은 호떡을 가져가 먹는다.

"겨울, 여름. 엄마 뒤에서 밀어줘."

언덕길을 오를 때 나와 사촌언니는 고모 등 뒤로 가서 고모를 밀어준다. 작은 손 네 개가 고모의 허리 부분을 받친다. 발목까지 오는 주홍색 치마를 입은 고모의 하반신에 나와 사촌의 몸이 반반씩 가려진다. 우리의 작은 손에 밀려 고모가 나아간다.

"엄마, 조금 편해요?"

"응. 붕 떠가는 것 같아."

고모의 등 뒤로 여름과 겨울이 따라간다. 밀려간다.

바탕색

사랑이 시작되는 건 한순간이다. 미움이 쌓이는 데엔
평생이 걸릴 수 있지만. 일곱 살 때 그걸 알았다. 그 반
대가 아니란 것. 누군가를 미워하기 위해선 평생을 노력
해야 할 수도 있다는 걸. 단박에 알았다. 뺑튀기 아저씨
가 '뻥' 소리를 제조하는 리어카 앞에서. 내 눈에 그가 하
는 일은 굉음을 제조하는 일처럼 보였다. 뺑튀기를 만
들어내는 일이라기보다 제조하는 과정—일련의 시간,
초조와 흥분이 섞인 기다림, 어수선한 가운데 주목받는
일, 발걸음을 불러 세우는 일, 아이를 겁주고 어른을 웃
게 하는 일—을 전시하는 게 더 중요한 듯 보였다. 사람
들은 기다렸다. 열렬한 기다림이 아니라 지나가는 길에
멈춰 섰을 뿐이라는 듯한 기다림이다. 사람들은 뺑튀기
가 아니라 소리를, 소리가 나기 전 긴장을, 소리와 함께

해소되는 그 무엇을 기다렸다. 그 앞에 서면 누구나 발걸음을 쉬 옮기지 못했다. 어린 사람, 늙은 사람, 덜 늙은 사람이 빙 둘러섰다. 누군가는 귀를 막고, 누군가는 미간을 찡그리며, 누군가는 짐짓 태연한 듯 무표정을 짓고, 누군가는 턱 아래를 만지며 기다렸다. 소리가 태어나기를. 태어나 어서 죽기를. 사라지기를. 심장이 조여들지 않기를. 그리하여 고소한 냄새와 침묵의 그림자를 뒤집어쓰고 잠시 안도하기를.

기다리는 동안 생각했다. 사랑. 미움. 평생. 한순간. 엄마. 아빠. 지겨움. 냄새와 함께 사라지는 것들에 대해서. 알 수 없을 땐 돌에 기대야 한다. 루비 같은 거. 붉은 돌 같은 거. 부수면 피 흘리는 거. 눈을 감아도 사라지지 않는 거. 가질 수 있지만 갖고 싶지 않은 거. 곧 내 인생에 등장하게 될 것이다.

뻥튀기 아저씨 곁에서 다섯 번의 '뻥' 소리를 듣고 집으로 돌아왔을 때 내가 좀 어두워졌던 건 사실이다. 걸음걸이, 일자로 자른 앞머리, 넘어져 딱지 앉은 무릎, 까치발 선 발뒤꿈치까지 어둑했으리라.

집에 들어갔을 때 두 사람이 보였다. 젊은 여자와 아빠. 젊은 여자라고 했지만, 아빠도 젊긴 마찬가지였다. 어릴 때 아빠는 늘 나를 붙들고 주의를 주었다. 누가 아빠 나이를 물으면 서른 넘었다고 해. 서른? 아니, 서른 넘었다고 하라고. 그러니까 서른 몇? 아니다, 그냥 모른다고 해. 나보고 아빠 나이도 모르는 멍청이가 되라고? 나는 아빠에게 화를 내는 유일한 사람이었다. 그게 '친자'의 특권이란 걸 알았다. 알아서, 나는 아빠를 만날 때면 기회를 놓치지 않았다. 골을 내고 화를 표시해 내가 진짜 그의 아이임을 확인했다. 고모에겐 할 수 없는 일이었다. 고모가 아빠와 같이 있을 때에도 하지 못했다. 고모는 내가 모든 사람에게 예를 갖추는 아이이길 바랐으니까. 오랫동안 나는 그의 나이를 모른 척하느라 애먹었다. 알면서 모른 척하는 건 모르면서 아는 척하는 일보다 어렵다. 영혼이 무른 어린 시절엔 특히.

젊은 남자와 젊은 여자. 그들은 소파 위에 앉아 있다. 손을 움직이고 있다. 서로의 어깨와 팔꿈치, 손등 위를 오르락내리락하는 손. 나비 같은 술렁임. 웃고 있다. 나는 소파 위에 흐르는 긴장을 알아챈다. 좋아져버린 사람들이 좋아 죽겠어서 들고 있는 것. 그들은 그걸 들고 있다. 보이지 않는 것. 실체가 없는 것. 사라지거나 누군가 집어던져 깨트릴지도 모르는 것. 마음이 생긴 초기에는 도무지 내려놓지 못하는 것.

"평범하게 생겼네."

여자가 나를 향해 뱉은 첫마디다. 꼭지째로 따버리고 싶어 하는 자의 말투다.

"누구야? 지난번엔 동옥이 아줌마랑 왔잖아."

나는 아빠를 향해 말한다. 아이들은 위험할 때 본능적으로 말하고 행동한다. 생존과 관련된 일이다. 내 말에 아빠가 당황한 듯 웃는다. 여자의 얼굴색이 변한다. 성공. 아빠가 눈을 커다랗게 뜬다. 하지 말라는 뜻이다. 나는 천진한 표정을 짓는다. 영문을 모르겠다는 듯이. 나는 상상 이상으로 똑똑하다. 이리 와 인사하라는 아빠의 말에 고개를 젓는다. 쟤는 수줍음이 많아, 아빠가 말하고 나는 항의하려다 관둔다. 나는 수줍음이 많지만 지금은 수줍음 때문에 이러는 게 아니다. 나는 최대한 도도하게 보이도록 눈을 치켜뜨고, 소파 앞을 지나, 사촌언니와 함께 쓰는 방으로 들어가기 위해 걷는다. 걷는 일은 꽤나 복잡하다. 시선을 앞에 둬야 하고 양팔을 부드럽게 흔들고, 무릎 관절과 발목 관절을 적절히 사용해야 전진할 수 있다. 게다가 지금은 걸으면서 동시에 저들을 신경 쓰고 있다. 나는 걷는 일의 복합성에 대해 생각하다 이 집이 너무 크다는 생각을 한다. 춥고 어둡고 휑하다고 생각한다. 천장 쪽에서 쥐가 후다닥 지나가는 소리가 들린다. 다락방에 사는 쥐다. 이 집이 내 집이야. 곧 내가 물려받아. 아빠가 말한다. 거짓말이다. 이 집은 고모와 고모부 집이다. 할머니와 할아버지가 고모에게 물려주었다. 아빠가 내 뒤통수에 대고 나를 부른다. 유치원에서 재미있는 일이 없었는지 묻는다. 나는 반응하지 않는다. 내가 말을 듣고, 따르는 건 고모뿐이다. 저 여자는 우리 집에 전화를 해대는 수많은 여자 중 한 명이 분명한데 뭐 하러 일일이 대꾸한담? 내 존재를 확인하려고 매일같이 전화를 해대는 여자들. 네가 실제로 존재하는구나, 몇 살이니, 아빠 집에 있니, 알아보고 싶어서 집요하게 전화를 해대는 여자들. 나는 몇 번이나 내 이름을 정확히 말하고 전화를 끊는다. 다시 전화를 받고 또 이름을 말한다. 아빠의 이름을 말하기도 한다. 나는 나를 궁금해하거나 증오하는 여자들에 둘러싸여 유년기를 보낸다.

"46색 크레파스, 그거 사다줄게. 갖고 싶다고 했잖아."

아빠가 큰소리로 말한다. 내가 들어간 방에 대고 말한다.

"안 갖고 싶어! 절대로!"

나는 거실을 향해 큰소리로 대답한다. 가져오기만 해. 다 부러뜨릴 거야. 나는 작은 상을 펴고 앉아 12색 크레파스를 꺼낸다. 도화지에 나무를 그린다. 뿌리는 거대하고 잎이 없는 나무다. 난 애들이 그린 그림이 좋더라, 여자가 말하는 소리가 들린다. 나는 이미 그린 나무에 커다랗게 X 표시를 한다. 도끼 자국처럼, 여러 겹의 대각선이 나무를 훼손한다. 도화지를 뒤집어 초록색 크레파스를 든다. 쓴다. 기분에 대해서. 음악을 좀 싣는다. 나는 글씨를 쓸 줄 알고 동시도 외운다. 책도 읽는다. 고모는 틈만 나면 내게 동화책과 동시집을 필사하게 시켰다.

쪼그려앉아 부업을 하는 사람처럼, 나는 그 짓을 했다. 베껴 쓰고 베껴 쓰고 또 베껴 쓰다 보니 글자들이 몸에 달라붙었다.

"얼음장수가 얼음을 싣고 땀을 뻘뻘 흘리며 끌고 갔다. 덥고 더운 여름 얘기. 나무장수가 나무를 싣고 손을 호호 불며 끌고 갔다. 춥고 추운 겨울 얘기."

크레파스로 글씨를 베껴 쓰고 뒷이야기를 조금 지어낸다.

저녁이 되기 전에 아빠와 여자가 사라진다. 고모는 화가 나 있다. 고모는 언제나 화가 나 있으니까 자연스러운 일이다. 피아노 교습소에서 애들이 말을 안 들었을 수도 있지만 그건 아닐 게다. 고모의 카리스마 때문에 섣불리 말을 안 듣는 얼빠진 애들은 없으니까. 그보다 아이들의 잘 못 치는 피아노 소리 때문일 게다. 고모는 늘 그 소리 때문에 머리가 아프다.

"지긋지긋해. 집에 와도 소리가 들려. 내가 죽어야 끝나지."

고모는 벽의 반을 차지하는, '하이든' 초상이 걸려 있는 자기 방으로 들어가면서 말한다. 누군가에게 전화를 한다.

"몰라. 걔가 정신이 빠졌지! 너 상아를 몰라? 상아를 누가 컨트롤해? 나야! 미친놈의 자식."

아빠 이야기가 나와서 내 귀가 두 배로 커진다. 나는 유치원에서 준 알림장을 꺼내 고모에게 가져간다. 이야기를 조금 가까이에서 듣고 싶어서다. 고모는 알림장을 오른손으로 낚아채고, 수화기를 왼손으로 가린 채 말한다.

"가서 동화책 베껴 써. 부를 때까지 나오지 마."

나는 시든 화초처럼 의기소침해져서 천천히 발걸음을 옮긴다. 책을 들고, 공책을 들고, 연필 한 자루를 들고 응달로 들어간다. 쪼그려앉아 부업을 하는 사람처럼, 그짓을 해야 한다.

계절

상아는 아빠 이름이다. 상아는 잡히지 않는다. 상아는 누구도 잡을 수 없다. 상아는 일 년의 반 이상을 집 밖에 나가 있다. 집에 돌아오면 이삼 일 머물다 다시 떠난다. 아빠는 어느 대학을 나왔지? 할머니에게 물어보면 할머니는 항상 이렇게 대답했다.

"서울대학교 음대. 네 큰아비처럼 서울대학교 나왔다."

의심이 많은 내가 여러 번 물어봐도 늘 같은 대답을 했다. 아주 오랫동안, 나는 상아가 서울대학교 음대를 졸업했다고 믿었다. 취학한 뒤 가정환경조사서에(그때는 이런 걸 아무렇지 않게 '조사'했다) 부모 학력을 기입할 때 알았다. 상아가 대학을 나오지 않았다는 것. 일찍이 밤무대에서 올겐 연주를 하겠다고 집을 나가 고등학교를 중퇴한 문제아라는 사실은 더 나중에 알게 되었다. 할머니는 막내아들 때문에 학교와 경찰서를 시계추처럼 왔다 갔다 해야 했다.

상아는 집에 오면 옷을 훌훌 벗어던졌다. 러닝셔츠와 팬티만 입고 소파에 길게 누워 책을 읽었다. 책을 잡으면 몇 시간이고 읽었다. 상아가 무슨 책을 읽는지, 어떤 내용이 나오는지 궁금해 물어보면 눈썹을 치켜올리고 미소를 지었다. 방해하지 말라는 뜻이다. 나는 포기할 생각이 없었다.

"아빠, 지금 무슨 내용이 나와? 어떤 목소리로 읽고 있어?"

상아는 늘 내 질문을 제대로 듣지 않았다. 책을 읽을 때 집중하기 때문이다. 상아는 《수사반장》이나 《미야모토 무사시》 따위의 무협소설을 읽고 또 읽었다. 내가 책 읽는 목소리 운운한 이유는 내가 독서를 할 때는 언제나 마음속 소리가 내용을 상연했기 때문이다. 나는 속으로 소리 내어 읽는 법밖에 몰랐다. 소리가 끌고 나가는 독서를 하기 때문에 어른의 독서도 이와 같으리라 상상했다.

"아빠. 마음속에서 나는 소리를 밖으로 내봐. 어떻게
읽는지 보게."

"얘가 왜 이럴까. 저리 가서 놀아."

상아는 내 머리통을 한 손으로 잡고는 머리카락을 헝
클어놓았다. 나는 포기하지 않고 상아 옆에 누워 상상했
다. 상아는 도대체 어떤 목소리로 책을 읽을까, 과연 상
아도 나처럼 재미있는 목소리로 연기를 할까? 상아는 책
을 읽다 일어나 마른 오징어를 굽기도 했다. 내게 오징
어 몸통을 한두 가닥 쥐여주고, 오징어를 씹으며 책을
읽었다. 이따금 나를 끌어안고 쓰다듬었다. 나는 상아가
집을 떠날까봐 상아의 신발을 신발장 깊숙이 넣어놓았
다. 효과가 없어도 매번 그렇게 했다.

46색

"이제부터 엄마라고 불러."

일주일 뒤 상아와 여자가 돌아왔다. 상아가 46색 크레파스를 내밀었다. 한꺼번에 마흔여섯 가지의 번민이 생긴 것 같았다. 고모는 나보다 더, 여자를 싫어했다. 얼마나 싫어했는지 처음에는 내가 그녀를 싫어할 틈조차, 기회조차 없을 정도였다.

"교양이라곤 눈을 뜨고 찾을래야 찾을 수가 없어!"

고모는 소리를 질렀다. 나와 사촌언니 대신 여자가 꾸중을 듣는 상황이 재밌었다. 여자는 어린 우리보다 더 예의를 몰랐고, 고모를 화나게 만들었다. 여자는 여러 번 울었다. 내가 보는 앞에서도 울었다. 나와 사촌언니보다도 더 고모를 무서워했다.

상아는 집을 나가겠다고 했다. 씨팔, 이 집구석, 운운

하더니 여자를 데리고 나가버렸다. 모텔방이라니! 모텔방이라니! 고모가 소리를 지르며 발을 구르는 걸 보느라 나와 사촌언니는 숨쉬기도 어려웠다.

학교 입학을 앞두고 상아가 나를 데려갔다. 작은 방 하나에 부엌 한 칸이 딸린 집을 얻었다고 했다. 고모네 집에서 십 분쯤 걸으면 나오는 곳이었다. 그때 나는 독립했다. 인생에서 홀로, 독립해야 했다. 여덟 살이었고 쉽지 않았다. 기도가 필요한 나날이었다.

따귀

"널 싫어해."

"(나도.)"

"너만 없으면 나는 춤을 추며 살 거야."

"(나도.)"

"네 아빠는 너를 키우라고 날 여기에 데려다놓은 거
야."

가정교육

　새엄마가 돼먹지 않게 말을 할 때면 속으로만 대꾸했
다. 왜냐하면 나는 가정교육을 잘 받은 아이였기 때문이
다. 면전에 대고 교양 없는 말을 해서는 안 된다고 배웠
다. 고모는 언제나 '가정교육'이 제일 중요하다고 말했다.
가정교육을 못 받아서 저래. 가정교육도 못 받은 것들!
가정교육이 안 되어 있는 돼먹지 못한 것들하고 놀면 안
돼. 알겠니? 나는 새엄마가 받은 가정교육을 의심할 수
밖에 없었다. 확인해야 했다. 방을 닦는 그녀의 등에 대
고 질문했다.
　"혹시 4분음표가 몇 박자인 줄 알아?"
　"뭐?"
　"4분음표는 한 박자야. 그러면 온음표가 몇 박자인 줄
알아?"

"이게 뭐라는 거야, 너 나 무시하냐?"

나는 뺨을 맞았다. 뺨을 때리거나 아이 몸에 손을 대는 것은 가정교육을 못 받은 자들이나 하는 일이라고 배웠다.

고모의 엄격함 속 통일된 가치, 오선지를 탈선하지 않는 음표처럼 흐르던 시간이 그리웠다. 나는 들었다. 누군가 내 쪽을 향해 말을 하면 들어야 한다고 배웠기 때문이다. 새엄마는 걸레질을 하며, 창문을 닦으며, 신발을 정리하며 말을 한다. 나와 둘이 있을 때만 하는 비밀 얘기다. 그녀의 비밀은 '아무튼 네가 싫다'는 거다. 나는 별 생각이 없다. 생각이 없지만 어느 날은 눈물이 나오기도 한다. 똑같은 소리를 듣는 게 고단해서다. 눈물을 흘리는 건 "절대 안 돼"라고 배웠기에 당황한다. 눈물을 참을 수 없을 땐 눕는다. 누우면 눈물이 들어갈지도 모른다고 생각한다. 눈물은 기어코 흘러나와 귓속으로 들어간다. 눈과 귀는 이어져 있다. 눈이 내미는 것을 귀가 받고, 귀가 받아들이는 것을 눈이 밀어낸다. 아빠가 돌아오면 엄마는 더 이상 비밀 얘기를 하지 않는다. 내 귀도 놓여난다.

밤의 기도

　고모네를 떠나 다른 집으로 막 '옮겨' 왔을 때, 혼자
캄캄한 마당을 지나는 일이 무서웠다. 화장실이 밖에 있
었다. 벌레들이 나를 향해 착착 발맞춰 걸어오고 있을
것만 같았다. 풀벌레 소리는 가득한데 보이지 않는다는
게 무서웠다. 마당 모퉁이를 바라보면 개미들이 움직이
는 게 보였다. 땀에 젖은 머리칼을 이마에서 떼어내며
나는 기도를 시작했다. 줄지어 가는 개미를 보며 중얼거
렸다. 두렵고 잘 보여야 하는 대상이 귀신이었으므로 귀
신에게 기도했다. 거의 매일 밤, 마당을 지나 화장실에
가기 위해선 기도와 용기, 믿음이 필요했다.
　"귀신님. 저를 잡아가지 마세요. 저는 보시다시피 작
고 쓸모없는 어린아이에 불과해요."
　'불과하다'라는 말은 얼마 전 새로 알게 된 단어였고,

기도할 때마다 빼먹지 않고 사용했다. 귀신에게 약간 지적으로 보일 거라 생각했다. 나는 새로 알게 된 단어를 어떻게든 사용하고 싶어 했다. 단어, 기분, 표현이 만나면 속을 후련하게 해준다는 걸 알고 있었다. 기도는 길게 이어졌다. 현관문을 열고 나와, 마당을 지나, 화장실 쪽문을 열고, 들어가 바지를 내리고, 오줌을 눈 다음, 다시 바지를 입고, 물을 내리고, 마당으로 나와, 어둠 속을 지나, 집 안으로 들어갈 때까지—이어져야 했다.

"만약 당신이 저를 잡아가지 않는다면, 당신이 원하는 일을 조금 할게요. 어차피 저를 잡아간다 해도 저는 이렇게나 힘이 없으므로……."

기도의 본질은 약한 척이다. 약함을 인정하는 일. 당신이 나를 돌본다면 나 역시 당신에게 무언가를 주겠다는 서약도 포함된다. 귀신에게 내 약한 목덜미를 보여주어 귀신의 공격 의지를 잃게 만들어야 했다. 기도를 하는 중에 대문 쪽을 바라보면 감나무 이파리들도, 시멘트 바닥도, 기어가는 개미 떼도, 내가 신은 어른 슬리퍼도, 귀신을 향해 맞잡은 두 손도, 밤의 색으로 물든 것처럼 보였다.

어둠을 지배하는 신을 향한 내 믿음은 오래 이어졌다. 훗날 내 기도가 귀신을 향한 서원(誓願)이었다는 생각을 하면 서늘해졌다. 내 오랜 서원으로, 삶에서 뭔가를 지불해야 할 것 같아서. 죽은 혼에 대고 중얼거린 어린 날의 기나긴 기도, 그 시간이 마당 구석에 켜켜이 쌓여 내 그림자를 이룰 것 같았다.

붉은 것

이건 내가 빨간불일 때의 일이다. 건너오지 말라고 경고했는데, 루비가 왔다. 마침 내가 사랑을 견디고 있을 때였다. 무슨 얘기냐면 여덟 살 나이에 사랑에 빠져 허우적대던 내 모습을 루비가 (알아)보았단 말이다.

내가 좋아하던 남자애는 특별한 구석이 없었다. 키가 작고 흰 얼굴에 옆으로 가늘어지는 눈을 가졌다. 그애가 왜 좋았는지 모르겠다. 다만 2분단 둘째 줄에 앉은 그애가 3분단 넷째 줄에 앉은 나를 볼 때, 가슴이 저릿했다. 누가 무거운 걸로 가슴을 누르는 듯한 기분을 느꼈다. 할 수 있는 건 그애를 바라보는 것뿐이었다. 아마 티가 났을 거다. 쉬는 시간이 되면 그애가 내 쪽으로 걸어왔으니까. 그애는 아무 말도 하지 않고 엄지손톱과 검지손톱을 사용해 내 팔뚝을 꼬집었다. 얇게 살을 저미듯, 집요하게 꼬집었다. 그애가 그일을 그만둘 때까지 눈을 감고 견뎠다. 어느 때는 숨을 참고 입술을 앙 다물며 견뎠다. 얼굴을 닦아건 사람처럼. 나는 그걸 '사랑을 견디는 일'이라고 생각했다. 가슴이 저릴 정도로 그애가 좋았다. 그애는 쉬는 시간마다 내게로 걸어와서 기나긴 꼬집음을 선사했고, 별안간 꼬집던 손을 거두어 자리로 돌아갔다. 나는 울지 않았다. 눈물을 삼켰다. 한 번도 그애에게 왜냐고, 왜 나를 꼬집는 거냐고 묻지 않았다. 그애도 내게 왜 자기를 바라보느냐고 묻지 않았다. 질문이 두려웠다. 이유도 모른 채 두려움을 느꼈다. 수업시간에도 그애와 자주 눈이 마주쳤다. 그애 때문에 입맛이 없을 정도였다.

그때 루비가 왔다. 내가 사랑을 견디고 있을 때. 루비가 나타났다. 내 쪽으로 걸어와 그애를 밀쳤다.

"지금 뭐 하는 거야?"

루비가 금기를 깼다. 나와 그애 사이에 서서 '질문'을 던졌다. 루비가 나와 그애를 떼어놓았다.

"누가 널 꼬집는데 왜 가만히 있어?"

나는 대답하지 못했다. 루비의 눈을 빤히 바라보았다. 내 귀에 사랑이 움직이는 소리가 들렸다. 지각 이동, 판의 이동처럼 사랑이 꿈틀대며 움직이고 있었다.

비행

"어디에 있어?"

루비가 묻는다.

"네 머리 위에."

내가 답한다.

루비는 작은 손으로 머리카락을 만지더니 손바닥으로 정수리 부근을 누른다. 누른 채 두리번거린다. 루비는 작은 미어캣 같다. 루비의 얼굴이 새빨개질 때까지 숨어 있다가 나는 튀어나온다.

"어디서 나온 거야?"

"네 발밑에서!"

루비에게는 거짓말이 쉽다. 그건 루비가 진실을 알고 싶어 하지 않는 성미이기 때문이다. 나는 루비를 위해 거짓을 말하고 루비는 그걸 사랑이라 여긴다.

루비가 쫓아온다. 루비는 나보다 빠르다. 루비는 쉽게 나를 앞지른다. 루비가 허리를 구부려 발아래를 본다. 민들레 따위를 보려는 게 아니다. 루비는 민들레의 가느다란 모가지에 기대 나를 기다리는 거다. 나는 애초에 뛸 생각이 없었다는 듯 슬렁슬렁 걸어 루비 옆에 선다. 우리는 손을 잡고, 잡은 손을 흔들며 걷는다. 멀리 모퉁이에서 우리 반 아이 셋이 걸어오는 게 보인다. 루비는 나와 떨어진다. 루비가 다시 허리를 숙인다. 이번에는 진지하게 민들레를 본다. 민들레를 만진다. 나는 루비를 지나쳐 걸어간다. 민들레와 루비를 남겨두고 나는 뛰어간다. 등 뒤에서 아이들이 루비를 놀리는 소리가 들린다. 아이들은 루비를 붕어라고 부른다. 루비가 쓴 두꺼운 안경알 너머로 루비의 눈이 붕어처럼 튀어나온 듯 보이기 때문이다. 나는 뛴다. 앞만 보고 뛴다. 루비를 두고 뛴다. 아무 소리도 들리지 않을 때까지. 아이들이 루비를 놀리는 소리가 들리지 않을 때까지.

다시 루비가 왔을 때 나는 엎드려서 글씨를 쓰고 있었다. 동시집 27쪽에서 50쪽까지 베껴 쓰고 있었다. 고모는 이제 다른 집에서 사니까 시키는 사람이 없는데도 베껴 썼다. 습관이 되었기 때문이다. 동시에 아름다움이 담겨 있을 수도 있지만 그런 건 몰랐다. 운율이나 음악이 담겨 있을 수도 있지만 그런 건 몰랐다. 그냥 썼다. 그리고 나는 점점 시가 되었다. 왜냐고? 누구라도 어릴 때부터 베껴 쓰다 보면 그렇게 된다는 걸 알 것이다.

"아까 왜 갔어?"

루비가 이렇게 따질 때면 슬펐다. 그건 따질 일이 아니니까.

"몰라. 내가 언제?"

"아까 뛰어갔잖아. 내가 불러도 그냥 막 갔잖아."

루비는 붕어처럼 커다란 눈을 끔뻑이며 물었다. 나는 지금 임무가 있으므로 길게 답할 수 없다고 말했다. 루비는 내 옆에 앉아 내가 하는 짓을 바라보고 있었다. 쓰고 또 쓰는 것. 아름답고 건전하고 운율이 있는 문장, 어린아이를 위해 작정하고 만들어놓은 문장을 가내수공업자처럼 한 땀 한 땀 옮겨 적고 있는 나를 바라보았다.

"재미있어?"

"아니."

"왜 써?"

"쓰라고 하니까."

"누가?"

나는 대답하지 않았다. 루비는 내 옆에 딱 붙어 앉았다. 내 연필이 종이 위에서 흔들리는 걸 보았다. 흔들리는 눈빛으로. 루비는 질리지도 않는지, 한참을 보다 갔다.

쥐잡기

"너네 집 삼층짜리라며?"

"삼층이라고 한 적 없어. 이층이야."

"목욕탕만 세 개라던데?"

"아니, 목욕탕은 두 개라고 말했어 나는."

"아이고, 그러세요 사모님?"

루비는 소문을 몰고 다녔다. '의심이란 핵이 박힌 소
문'이 루비를 따라다녔다. 루비는 소문을 왕관처럼 다뤘
다. 자신이 짊어져야 할 무게라는 듯. 억울해하거나 초조
해하지도 않았다.

루비는 튀었다. 어디에서든 주목을 끌어냈다. 그건 루
비가 하지 않아도 될 말, 할 필요가 없는 말, 하면 불리해
지는 말조차 자주 했기 때문이다. 루비는 선언처럼 말하

거나 흘려버리듯 말했다. 실수하기에도 관심을 끌기에도 좋았다. 한번은 정색을 하고 루비를 다그쳐보았다.

"루비, 왜 자꾸 헛소리를 지껄이는 거야? 왜 사람들이 널 싫어하게 그냥 두는 거냐고! 아이들이 너보고 뭐라는 줄 알아?"

질문을 다 쏟아내기도 전에 알았다. 안경알 너머 반짝이는 루비의 눈, 몸에서 유일하게 빛을 뿜어내는 그 눈과 마주치자마자 알았다. 루비는 아름다움을 위해 그러는 거였다. 원래 지니고 있는 것보다 좀 더 나아 보일 수 있다면, 그게 거짓말이라도 상관없다고 생각하는 게 분명했다. 루비에겐 순간만이 중요했다. 다음이나 이전 같은, 거리를 두고 생각해야 하는 시간개념이 없었다. 진실 여부는 루비의 도덕관에 영향을 주지 못했다. 세상에는 꾸며야 살 수 있는 사람이 존재한다는 걸, 그때 나는 몰랐다.

"그럼 안 돼? 애들이 뭐라 하든 상관없어."

루비는 눈을 내리깔았다. 우물을 숨기려는 듯이.

빨간 안경테를 검지로 치켜올리며 아이들에게 둘러싸여 있는 루비. 나는 멀찍이서 보기만 했다. 루비는 공격당한다고 생각할 때면 눈을 크게 떴다. 루비의 눈이 미세하게 커지고 있다는 걸 알 수 있었다. 루비는 공격받을 때 차가워진다. 물고기처럼 차가워진다는 뜻이다. 감정 없이 교실을 유영하는 루비. 활기 없이 제자리를 맴도는 헤엄. 루비의 겨드랑이가 축축해졌을 것이다. 버둥대는 지느러미가 내 눈에는 보였다.

"야, 얘네 목욕탕이 정말 두 개인지 이따 따라가보자."

"예이! 사모님 집 출바알!"

항상 남자애들이 더 지독했다. 여자애들은 말로 어느 정도 대거리하다 지루해지면 돌아섰지만 남자애들은 달랐다. 현장을, 사건의 끝을 확인하고 싶어 했다. 실체를 파악해 교실 뒤에 전시하고 말겠다는 집념. 탐정, 경찰, 군인, 졸개, 그도 아니라면 사냥견이라도 되어야 직성이 풀렸다. 그애들에게 필요한 건 전리품이었다. 눈물, 헐떡임, 긁은 무릎, 승리의 증거를 수집하고 싶어 했다.

루비는 잡힐 의사도, 도망갈 의지도 없는 물고기였다. 거짓말은 느슨했다. 절박한 건 늘 그들이었다. 그게 그들을 더 자극했다. 루비의 거짓말은 그들을 위한 게 아니었다. 루비는 순간을 채색하고자 했다. 미움을 받더라도,

자기 욕망에 솔직했을 뿐 다른 의도는 없었다. 루비에게 진실은 혼자 있을 때 입는 옷이었다. 아무래도 좋은 것. 그보다 카메라 셔터를 누르는 순간, 찰나를 지배하는 포즈, 그게 더 중요했다.

"우리 반에서 제일 잘나가는 애가 누구더라?"

"앞에 가는 애?"

"비슷해."

"전교에서 제일 재수 없는 애?"

"비슷해."

"집에 목욕탕이 백 개라는 애?"

"아니라면 백 대 맞아야지."

남자애들은 셋. 루비는 하나.

하나인 루비가 걸어가고 있다. 여섯 개의 발이 그 뒤를 따른다. 여섯 개의 발 뒤를 내가 따른다. 아무도 숨지 않는 숨바꼭질. 숨고 싶어도 숨을 기회를 주지 않는 아이들에게 쫓겨 루비가 가고 있다. 당시 나는 아이들 앞에서 루비와 친하지 않은 척했다. 이유는 모르겠지만 루비와 나 사이의 불문율이 있었다. 루비는 혼자고, 미움을 받았고, 눈에 띄었는데 그 옆에 설 만큼 나는 가진 게 없었다. 용기, 당당함, 성숙함, 줏대, 그중 무엇도 내겐 없었다. 나는 겁을 냈고, 내가 겁낸다는 걸 루비도 알았다. 나는 루비와 루비를 쫓는 애들의 뒷모습을 하나의 '덩어리'로 봐야 했다. 비겁 때문에, 한 번에 하나의 등을 보지 못했다. 루비는 돌아선 등으로도 볼 수 있었다. 등으로, 자신을 보는 누군가의 등까지 알아보는 아이였다. 그 애를 쫓는 다른 등—작은 흥분으로 늘 뒤틀려 있는—을 보는, 겁먹은 내 등까지도 보았다.

루비가 걷는다. 온 세상을 구경하고 싶어 하는 아이처럼. 사방을 살피며 느리게 걷는다. 신발주머니를 돌리기도 하고, 화단에 멈춰 나뭇잎을 뜯어보기도 한다. 루비의 뒤로 낱장의 초록들이 떨어진다. 루비는 문방구에 들러 샤프와 샤프심의 종류를 샅샅이 훑는다. 힘을 줘도 부러지지 않는 연필이 있느냐고 물어보고, 얌체공과 줄넘기와 훌라후프를 일일이 만져본다. 무얼 살지 고민이라는 듯 양손으로 허리를 짚고 고개를 갸우뚱하는 루비. 한숨을 쉬며 '다음에 올게요' 외치고 문방구에서 나오는 루비. 루비는 슈퍼 앞에서 멈춘다. 과일을 사러 나온 새댁처럼. 아오리와 복숭아를 들여다본다. 복숭아의 까슬까슬한 털을 만져보는데 가게 주인이 나온다. 살 거 아니면 만지지 말라는 핀잔을 듣고, 살지 안 살지 아저씨가 어떻게 아느냐고 따져 묻는 루비. 어린 게 말대꾸하는 싹수 좀 보게. 아저씨가 쏘아붙인다. 여섯 개의 발이 키득거린다. 쟤는 밖에서도 재수 없는 애라니까. 저희들끼리 쑥덕인다. 가게 주인이 썩 꺼지라는 듯 파리채를 휘두르자 루비가 돌아선다. 여섯 개의 발도, 그 뒤를 따르던 나도 루비가 가는 쪽으로 몸을 튼다. 우리는 루비를 따라간다. 허리까지 기른, 풍성한 파마머리를 따라간다. 열 걸음에 한 번은 안경테를 올리고, 이마 위로 흘러내린 잔머리를 쓸어올리는 루비. 체육복 하의 오른쪽 주머니에 무언가를 잔뜩 집어넣고 걷는 루비. 시답지 않은 게 들어 있는 것이 빤한 루비의 주머니. 루비의 작은 어깨, 마른 팔다리, 조그마한 머리통이 세상을 훑고 지나가고 있다. 루비가 아랫입술을 앞니로 자근자근 씹으며 뒤돌아본다. 내 눈이 루비의 눈과 마주친다. 루비는 고개를 휙 돌리고 다시 걷는다.

"도대체 쟤네 집 어디냐?"

"빙신아, 지금 그걸 알아내러 가는 거잖아."

"빙신아, 집이 없나보지."

"빙신아, 빙신이라고 하지 마."

웃음소리와 비속어를 꼬리에 매달고, 루비는 걷는다. 뻥튀기를 튀기는 아저씨 앞을 지나 전파사와 세탁소를 지나 교회 건물 앞 벤치에서 멈춘다. 가방에서 책을 꺼 낸다. 《걸리버 여행기》. 가방을 벤치 아래 두고, 양발을 흔들며 책을 펼친다. 남자애들이 루비 앞으로 간다.

"더 이상 갈 데가 없나보지?"

"뻥친 게 걸릴 테니까."

"야! 빨리 안 일어나?"

루비는 고개를 들어 그들을 마주 본다. 눈이 조금씩 커진다.

"나 원래 여기에서 책 읽다 가는데? 니들이 무슨 상관 인데?"

"빨리 가라고."

"싫어."

"순 뻥쟁이 아니야? 니 집 좀 보자고."

"싫다고."

"일어나라고!"

"싫다고!"

루비의 얼굴이 붉어진다. 아이들이 루비를 때린다면 내가 나서야 한다. 달려가 말려야지, 가슴이 두근거린다. 그때 누군가 외친다.

"집사님! 여기 좀 와봐. 빨리! 연탄집게 좀 가져와봐 요."

중년여자가 교회 안쪽을 향해 외치고, 우리는 동시에 여자를 본다. 다급해 보이는 말투와 연탄집게가 필요한 이유를 따져보느라 각자 머리를 굴린다. 설마, 그걸로 우 릴 때리려고?

"쥐야, 쥐!"

여자가 우리를 향해 말한다. 손으로 자기 발을 가리 킨다.

"으악! 아줌마. 지금 밟고 있는 거예요?"

남자애들이 쥐를 보려고 여자 쪽으로 뛰어간다. 그러 고 보니 여자의 자세가 이상하다. 하수구로 도망가려는 쥐의 꼬리를 한쪽 발로 밟고 있다. 바둥대는 쥐의 시커 먼 몸통이 하수구 쇠 덮개 사이로 보인다.

"이러다 놓치겠네! 집사님, 빨리 연탄집게!"

순간 스스로도 이해할 수 없는 일이 일어났다. 동네가 떠내려갈 정도로, 내가 비명을 내지른 것이다. 고통이 달려들었다. 빠져나가려는 존재와 잡아 죽이려는 존재 사이에 끼인 '꼬리'가 된 것 같았다. 사이렌처럼 기나긴 비명이 이어졌다. 멈출 수 없었다. 소리를 지르는 나와 그치고 싶은 내가 서로 다른 곳에 존재하는 것 같았다. 여자가 귀를 막으며 내게 달려왔다. 쥐를 놓친 걸 항의하듯이, 내 어깨를 쥐고 흔들었다.

"얘가 왜 이래? 조용히 못해!"

여기저기서 사람들이 뛰어나왔다. 어른들이 나를 에워쌌다. 누군가의 커다란 손에 머리통을 잡히고, 축축한 손바닥들이 내 뺨을 흔들 때까지 나는 소리를 질렀다. 내가 수박인가. 수박이 되었나. 나를 수박 다루듯 만지고 두드려보는 것 같다는 '생각'이 나를 쪼갰다. 붉게 박살난 과육이 내 영혼이었다. 비명을 멈추고 나니, 목 뒤가

땀으로 축축해진 게 느껴졌다.

"왜 그래? 뭔 일이야?"

"다 잡았는데, 쥐! 얘가 소리 소리를 지르는 바람에 놓쳤잖아."

"난 또 뭐라고."

"계집애가 웬 목소리가 이렇게 커."

"연탄집게 가져오라는 소리 못 들었어?"

"안 들렸는데?"

"쥐가 얼마나 극성인지."

"쥐가 뭐가 무섭다고, 하여간."

틀렸다. 나는 쥐가 아니라 연탄집게의 도착이 무서웠다. 그걸 지켜볼 눈들이 무서웠다. 내 눈도 무서웠다. 일어난 일이 아니라 일어날 일이 무서웠다.

어른들이 한마디씩 거드는 사이에, 루비가 사라졌다. 자리에 있던 크고 작은 인간들이 저마다 허탕 친 표정을 하고 돌아섰다. 누군가는 어깨를 주무르고 누군가는 침을 뱉고 누군가는 손을 털고, 발로 돌멩이를 차며, 휘파람을 불며, 구시렁거리며 발길을 돌렸다.

목이 아팠다. 두 손으로 목을 감싸쥐고 두리번거렸지만 루비의 모습은 찾을 수 없었다. 목구멍이 아플 정도로 소리를 질러대다니. 얼굴로 몰렸던 피가 몸 곳곳으로 돌아가느라 나른해졌다. 울고 난 뒤처럼 하품이 났다. 집을 향해 걸어가는데 뒤에서 누가 팔을 붙잡았다. 하마터면 신발주머니를 떨어뜨릴 뻔했다.

"우리 집에 갈래?"

단테와 침대

 '낭창낭창하다.' 그 형용사는 루비 엄마를 떠올리게
했다. 라미옥. 파마머리를 등 뒤로 기르고(헤어스타일은
루비와 같았다), 쌍꺼풀 없이 커다란 눈, 화장기 없이 입
술만 루주로 붉게 칠한 여자. 내 쪽으로 몸을 기울이면
향수 냄새가 훅 끼쳤다. 웃을 땐 고개를 한쪽으로 젖히
며 깔깔댔다. 소리와 몸으로 웃는 여자였다. 미옥이 웃으
면 공기가 달라졌다. 웃음으로 주변을 흔들어놓았다. 페
로몬 같은 게 는개처럼 분사되는 것 같았다. 루비와 엎
드려 만화책을 보고 있으면 물건이나 옷가지를 들어올
리려고 상체를 숙인 미옥을 볼 수 있었다. 그때마다 속
이 울렁거렸다. 보고 싶지만 봐선 안 된다고 생각하는
게 거기 있었다. 수그릴 때마다 헐렁한 상의 속, 한 쌍의
푸른 종처럼 흔들리는 미옥의 가슴이 보였다. 나와 루비

에게는 없는, 다른 엄마들과 다른 종류의 푸른 종이었다. 소리마저 들린다고 착각하게 하는, 무음으로 가득 찬 음악이 미옥의 몸에서 흘러나오는 것 같았다.

미옥은 유연하고 가뿐했다. 무엇이 유연하고 가뿐한지는 말하기 어렵다. 아무튼 유연하고 가뿐하고, 어딘가 위태로워 보였다. 미옥만이 자기의 아름다움에 무심했다. 미옥이 지닌 아름다움은 인생에 도사린 위험과 연결되어 있었다. 그것이 가시 박힌 아름다움이란 걸 나는 본능적으로 알았다. 나는 미옥이 지나갈 때 타박하는 듯한 눈길로 몸을 훑고 지나가는 어른들의 시선을 보았다. 아름다움은 지탄의 대상이 될 수 있다. 지나칠 때는 더 그렇다. 누군가는 힐난하고, 누군가는 손에 쥐고 싶어 한다. 둘 다 공격적이긴 마찬가지다.

미옥은 형용사로만 이루어진 문장 같았다. 가볍게 흔들리고, 흔들리다 떨어질 것 같고, 사라져도 문제될 것 없는 존재. 미옥은 세상을 꾸미기 위해 태어난 것처럼 보였다. 꾸밈이 필요 없는 곳이라면 미옥도 필요 없는 존재가 되리라. 나는 엎드려 턱을 괸 채로, 내 앞을 서성이는 불안정함을, 소리 없이 가득한 음악을 감상하는 게 좋았다.

미옥은 나에 대해 궁금해하지 않았다. 무언가를 심각하게 걱정하는 법도 없었다. 문제가 생겨도 '그게 뭐, 별일이라고?' 말하고는 웃어버렸다. 그냥 웃는 게 아니라 웃어ー, 버렸다. 웃음 뒤에 따르는 것들ー멋쩍음, 짧은 적막, 달라진 공기, 몸의 들썩임, 허전함, 씁쓸함ー마저 웃음과 함께 버렸다. 마치 버리기 위해 웃는 사람처럼.

"너네 말이야. 걱정이 생기잖아? 그럴 땐 딱 하나만 생각해. 가장 원하는 게 뭔가."

"그것만 생각해도 돼?"

루비가 물었다.

"그래도 돼. 그게 제일 큰일이거든. 큰일이지."

나와 루비는 마주 보고 어깨를 으쓱했다. 가장 원하는 게 뭔지 모를 나이였다. 루비가 지어낸 이야기 중 진짜는 하나였다. 엄마가 예쁘다는 것.

미옥은 책을 좋아했다. 읽는 걸 좋아한다기보다 책이라는 '물건'을 사고, 바라보고, 옆에 두는 걸 좋아했다.

읽는 건 나와 루비가 했다.

한번은 루비와 내가 시시덕거리고 있는데 미옥이 들어와 루비에게 봉투를 건넸다.

"이게 뭐야?"

루비가 열어보았다. 단테의 《신곡》이었다.

"너, 이런 걸 읽어야 해."

"글씨가 이렇게 많은데 어떻게 읽어?"

"갖고 있어. 갖고 있으면 언젠가 읽겠지. 이런 걸 읽는 여자가 되어야 해."

그때, 회충이 내 뱃속에서 똬리를 풀고, 기다랗게 기지개를 펴는 것 같았다. 얼굴에 소름이 돋고 피부가 서늘해지는 기분이 들었다. 아무 잘못 없이 한 칸 아래로 밀려난 느낌. 갑자기 쓸쓸해졌다. 복도에 홀로 서 있는 기분이었다. 집에 가고 싶었다. 훗날 그날의 감정이 부러움과 질투 사이에 선 감정이란 걸 알았다. 아홉 살 딸에게 《신곡》을 사다준 미옥의 얼굴, 고개를 쳐든 채 의기양양한 표정을 가르치던 엄마의 자세가 잊히지 않았다.

루비네 집은 반지하에 있었다. 두 개의 방 중 큰 방은 루비와 미옥의 방, 골방에 가까운 작은 방은 아빠와 남동생의 방이라고 했다. 루비가 미옥과 함께 쓰는 방은 옷가지와 화장품, 아무렇게나 놓아둔 책들로 아수라장이었다. 방의 꼴을 보고 내가 놀란 표정을 짓자 미옥이 말했다.

"너 모르지? 원래 미인은 정리정돈을 못해."

우습지도 않은데 미옥은 또 몸을 흔들며 웃었다. 그 방의 하이라이트는 침대였다. 당시에는 침대가 있는 집이 드물었다. 방 한가운데 불시착한 분홍 뗏목처럼 침대가 놓여 있었다. 나는 침대에 누워 몸을 이리저리 굴려보는 게 좋았다. 이불에는 미옥의 향이 배어 있었다.

내 삶을 지배하려고 작정한 게 분명한 루비. 내 마음을 옴짝달싹 못하게 붙들어두려고 촌스럽고 번잡한 변두리인 M동에 온 루비. 루비는 거슬리는 아이였다. 무시할 수가 없었다. 하던 생각을 멈추게 하고, 다른 행동을 하게 만들었다. 루비의 눈빛, 단박에 카메라로 찍듯이 나를 바라보는 눈빛엔 힘이 있었다. 보는 힘, 볼 줄 아는 힘이었다.

"넌 좀 특별한 것 같아."

그 말이 날 기분 좋게 했다.

"뭐가 특별한데?"

"몰라. 그냥 그렇게 보여."

"근데 너네 엄마랑 아빠, 왜 방을 따로 써?"

"원래 좋아하는 사람들끼리 자는 거니까."

'좋아하는 사람들끼리'라고 할 때, 루비의 눈썹이 올라갔다.

"엄마랑 아빠랑 서로 안 좋아해?"

"우리 엄마는 결혼을 잘못했거든. 돈도 없고, 미래도 없고, 인물도 없는 사람이랑 결혼했어."

루비는 주변 어른들이 하는 말을 듣고 따라하는 게 분명했다.

"부부라고 다 서로 좋아서 사는 건 아니야."

나도 질 수 없어서 어른들 말투를 흉내냈다.

"우리 고모는 고모부랑 말도 안 하거든."

고모 이야기를 꺼내다니, 고모가 알면 삼 일을 방방 뛸 일이었다.

"피아노학원 하는 고모? 좀 무섭게 생긴?"

루비가 호기심을 보였다.

"고모가 신경성이라서 그래. 좀 무섭긴 하지."

신경성이야. 머리 아파. 좀 누워야겠어. 고모가 자주 하는 말 삼종세트였다.

"우리 고모는 고모부랑 길에서 마주쳤는데, 서로 얘기도 안 하고 지나간 적도 있대. 원수도 이런 원수가 없다고 그랬어."

루비가 고개를 끄덕였다.

"근데 네 동생 이름은 준식인데, 왜 너는 루비야? 너무 다르잖아."

"내 이름은 엄마가 지어서 그래. 걔는 돌림자를 따른 거야. 아빠 내가 여자라서 돌림자를 따를 필요가 없대. 아빠는 나를 싫어해. 다행이지? 내 이름에 '식' 자가 들어가면 좋겠어?"

"나도 엄마가 나를 싫어하는데."

"그건 새엄마라서 그렇지."

루비는 아무렇지도 않게 이런 말을 내뱉는 아이였다. 아예 거짓이거나 아예 진실인 말, 루비는 그런 말만 했다. 내 표정을 살피더니 루비가 말했다.

"우리 아빠 진짜 아빠인데도 날 싫어해."

우리는 웃었다. 웃음 뒤에 덧붙일 말이 없었다.

어른들은 진실을 수정한다

　새엄마와 나는 친해지지 못했다. 우리는 고작 열여섯 살밖에 차이나지 않았다. 자주 싸웠고, 서로 미더워하지 않았다. 우리는 비슷한 불만을 품었다. 나는 '새' 엄마가 싫었고, 그녀는 '헌' 자식이 싫었다.

　집을 옮기고 좋은 건 두 가지였다. 자유를 획득한 것, 발목까지 내려오는 분홍 치마잠옷을 가진 것. 자유는 저절로 굴러왔고 치마잠옷은 나흘을 졸라 얻어낸 것이었다.
　뜻밖에도 새엄마는 민주적이었다. 고모와 달랐다. 꼭 해야 하는 것도, 하면 안 되는 것도 없었다. 가정교육 타령도 없었다. 먼저 내 의견을 묻고 원하는 걸 해주거나 해주지 않았다. 타박하듯 말하는 게 맘에 들지 않았지만 견딜 만했다. 입을 열지 않는다면 더없이 좋을 사람이었다. 하지만 새엄마는 늘 입을 열고 싶어 했다. 고모는 새엄마를 '촉새'라고 불렀다. 처음엔 이유를 몰랐지만, 조금 알 것 같기도 했다. "촉새는 뭐 해?" 고모가 아빠에게 그렇게 묻는 걸 여러 번 들었다. 생각보다 말이 다섯 걸음은 앞서는 사람이랄까. 물론 고모가 새엄마 앞에서 촉새라는 말을 사용한 적은 없었다.

새엄마는 내가 알던 여느 어른의 모습과도 달랐다. 이제 막 어른이 되어 어리둥절해하는 사람처럼 보였다. 어른의 자격으로 무언가를 해본 적 없는 사람. 어른이란 위치를 사용해본 적 없으니 아이가 생겼어도, 아이를 어떻게 대해야 할지 모르겠는 사람처럼 보였다.

새엄마와 대화를 할 때는 긴장해야 했다. 아이를 상대한다는 걸 전제하고 말하는 타입이 아니었으니까.

"그 잠옷이 좋니?"

"응."

"너한테 안 어울려."

나는 발목까지 오는 잠옷이 갖고 싶었을 뿐 어울림에 대해 생각해본 적은 없었다. 하지만 당황한 기색을 보이고 싶지 않았다.

"상관없어."

"이상해 보인다니까?"

"잠옷인데 이상해 보이면 어때?"

"너 잠옷 입고 나다니잖아."

"잠깐인데 뭐."

"너 그거 입고 공주처럼 걸어다니고 싶어 하잖아."

"그럼 나한테 어울리는 건 뭔데?"

"별로 없지. 너 하나도 예쁘지 않아. 못생겼어."

이쯤 되면 피로해졌다. 이런 말이 이어지기 때문이다. 자기가 얼마나 예쁜지, 어렸을 때는 얼마나 예뻤는지, 앞으로 얼마나 더 예쁠 예정인지. 내게 이런 걸 자랑하고 싶어 했다. 유치해서 말을 섞고 싶지 않은데 자꾸 말을 거니까 화가 났다. 그래봤자 새엄마는 미옥보다 예쁘지 않고 고모보다 똑똑하지 않았다. 대화는 쓸모없이 이어지다 말다툼으로 끝났다. 누구 하나 지고 싶은 마음이 없기에 그랬을 게다. 누구든 자신이 좀 더 어른이라는— 그러니까 참아야 한다는—마음을 갖거나, 자신이 좀 더 아이라는—그러니까 말을 들어야 한다는—생각을 하지 않았다. 우리에겐 그런 게 없었다. 둘 중 누가 더 위고 아래인지 서열 개념이 없었다. 우리는 하고 많은 자리 중 늘 같은 층위에 앉았다. 갈 방이 많은데도 같은 방에 들어와 뒤척이는 생쥐들처럼 굴었다. 곁에 붙어 앉아 서로 좁다고 생각했다. 몸이 닿으면 얼른 떨어지지만 아예 멀리 갈 수는 없다고 믿었다. 서로의 존재가 불편했지만 피하는 법을 몰랐다.

우리에겐 아빠라는 공통분모가 있기에 더하거나 빼기가 쉬웠다. 통분이 필요 없는 관계랄까. 더하기 빼기를 결정하는 건 언제나 아빠였는데, 내 생각에 아빠의 몸은 새엄마에게 더해지고 마음은 주로 내게 더해졌던 것 같다. 나는 아빠에게 늘 까다롭고 중요한 존재가 될 수 있도록 '정성을 다해' 궁리했기 때문에 마음 쓰이게 하는 일은 어렵지 않았다. 누군가의 마음이 쓰이도록 행동할 줄 아는 것, 그런 건 타고나는 일인지도 모른다.

아빠가 나갔다 들어오면 나는 창문 앞으로 달려갔다. 고개를 45도로 치켜들고, 창밖을 바라보는 척했다. 상념에 잠긴 사람처럼 보이길 원했고, 실제로 상념에 잠기기

도 했다. 나는 아빠가 나를 걱정하느라 시름시름 앓기를
바랐다.

"빵순아, 왜 그래?"

"날 빵순이라고 부르지 마. 절대로."

"빵순이를 빵순이라고 부르지, 그럼 뭐라고 부르냐?"

나는 대답하지 않았다. 얼굴이 동그랗다고 빵순이라
불리는 게 억울했다. 아빠가 나를 좀 더 걱정하도록 애
를 써보았지만 쉽지 않았다. 아빠가 자꾸 우스갯소리로
밀고 들어왔기 때문이다. 유머는 진지함을 상쇄시키고,
목표 달성을 지연시킨다. 분위기를 진지하게 끌고 가기
위해 나는 가정환경조사서를 꺼냈다. 새 학기에 이미 했
는데 담임이 한 번 더 조사한다고 했다.

"아빠. 이거 써줘야 해."

"나 글씨 못 쓰잖아. 네가 써."

"그럼 옆에서 보기나 해. 내가 틀리게 쓸지도 모르잖
아."

아빠가 글씨를 못 쓰는 건 사실이다. 나보다 밉게 쓰
는 건 틀림없다. 나는 어른처럼 볼펜을 쥐고 관자놀이
를 눌렀다. 한숨을 쉬고 생각하는 척했다. 아버지 어머

니 학력을 묻는 칸에는 '고졸'이라고 썼다(아빠는 졸업을 못했지만, 설마 선생님이 졸업증명서까지 떼어오라고 하진 않을 것 같았다). 아빠는 잠자코 지켜보았다. 아버지 직업란에 바른 글씨로 '건반'이라고 썼다가 두 인간(아버지와 새엄마)에게 꿀밤을 먹었다. 그들은 꿀밤을 때려놓고는 서로 마주 보며 배시시 웃었다. 아빠는 내가 볼펜으로 쓴 글씨를 면도칼로 조심스레 긁어내고, '상업'이라고 고쳐 쓰게 했다. 동네 아주머니들이 아빠에게 직업이 뭐냐고 물으면 음악해요,라고 대답하고는 곧이어 '건반이요'라고 하는 걸 똑똑히 들었는데 이해할 수 없었다.

"상업이 뭐야?"

"장사를 한다는 거야."

"우린 장사 안 하잖아!"

"그냥 장사한다고 하면 돼."

"선생님이 무슨 장사 하냐고 물으면?"

"아무 장사나 한다고 말해."

그날 밤 나는 머리를 싸맸다. 슈퍼를 한다고 할까, 그럼 애들에게 금방 들통나겠지. 우리 동네 슈퍼야 빤

하니까. 그럼 야채가게? 그것도 애들이 다 아는데. 옷가게를 한다고 할까, 아주 먼 동네에서? 머릿속으로 세상에 존재하는 장사의 종류를 그려보느라 그날 밤 잠을 설쳤다.

어떤 거짓말은 솔직하다

빛이 일렁이고 뜨거운 고요가 흘렀다. 담벼락엔 줄장
미가 늘어져 있고 나무들은 초록으로 맹렬히 무장했다.
그늘이 보이면 누구든 그늘을 향해 기어갔다. 부채와 선
풍기만으로 여름의 열기를 견디어야 했다. 해가 지면 땅
은 순해졌다. 불꽃의 손아귀에서 놓여난 짐승의 등처럼
땅이 서서히 식었다. 어디선가 딱, 딱, 손바닥을 쳐 모기
를 잡는 소리가 들렸다.

나는 어릴 때에도 더 어린 날을 회상했다. 옛날과 더
옛날을 구분했다. 미래는 막막했다. 미래에게선 자주 등
을 돌렸다.

저녁이 되면 쪼그려앉아 누군가 벗어놓은 신발을 바
라보았다. 신발장 아래 멈춰 있는 신발의 포즈, 흐름의

정적 같은 게 좋았다. 저녁의 신발에겐 자유의지가 있어 보였다. 불려나가지 않을 자유. 어딘가로 혼자 떠날 것 같기도, 어딘가에서 막 돌아와 쉬는 것처럼 보이기도 했다. 안쪽을 만져보면 꿉꿉한 습기가 느껴졌다. 존재가 빠져나간 뒤 남아 있는 열기 같은 것. 만져봐야만 알 수 있는 것. 각각의 신발은 아무도 살지 않는 작은 굴처럼 보였다. 나는 껍데기로서의 신발, 내부에 밴 누군가의 체취, 자취, 흔적을 좇았다. 몸이 아니라, 신발에 남아 있는 존재의 흔적 같은 것. 저녁마다 그랬다.

거룻배에 올라타듯 어른의 신을 신어보았다. 커다란 신을 신고 마당을 몇 바퀴 돌고 나면 한꺼번에 몇 년씩 나이를 먹은 것 같았다. 그땐 나이가 내 최대의 약점이라고 생각했다. 나는 늘 너무 어렸다. 늙어서도, 너무 어렸다.

아빠는 저녁 6시 무렵 출근했다. 다른 아버지들이 집으로 돌아오는 시간에야 집을 나섰다. 아빠는 출근하는 게 아니라 어둠 속으로 사라지는 것 같았다. 딱 한 번 아빠가 일하는 가게로 전화를 했다. 아빠가 어디에서 뭘

하는지 알고 싶었다. 아빠가 존재한다는 걸 확인하고 싶었다. 새엄마가 전화번호 수첩을 뒤져, '가게'라는 글씨 옆에 적힌 숫자를 누르고 통화하는 걸 본 적 있었다. 나는 새엄마가 한 행동을 똑같이 따라했다.

"올겐 씨, 부탁합니다."

어른처럼 보이고 싶어 목소리를 가다듬었다. 전화받은 사람이 누구냐고 물어 '올겐 씨 딸인데요'라고 대답했다. 수화기에서 요란한 음악 소리가 흘러나왔다. 그가 못 들었는지, 누구냐고 다시 물었다. '올겐 씨 달이요!' 나는 실수로 '달'이라고 대답했다. 고쳐 말하려는 순간 전화가 끊겼다. 아빠는 시끄러운 곳에 있었다. 제대로 통화를 할 수 없을 만큼 음악으로 가득 찬 곳에 있었다.

밤에는 기도했다. 여전히. 귀신들이 주위로 모여들기를 기다려 서원(誓願)했다. 참을 수 없는 일에 대해 항의했다. 기도 후에는 속으로 노래를 조금 지어 불렀다. 노래가 안에서부터 흘러나오는 걸 느꼈다. 어두운 찬양, 그게 '시'라는 걸 알았다.

어둠 속에서 할머니가 들려준 이야기를 떠올려보았다. 시간을 보내기에 알맞은 일이었다. 할머니는 이야기를 떠올리거나 만들어내는 데 도사였다. 내가 듣고 싶어하는 이야기인지 아닌지, 내 눈빛만으로 알아챘다. 할머니는 내 눈을 보면서, 이야기를 요리조리 조정하며 끌고 나갔다.

"밥상에서 말이다. 네 아비는 아주 쬐그만 티스푼 하나를 쥐고 앉는단 말이지. 요만한 티스푼이었어. 그래, 아주 작은 놈. 그걸로 음식을 이리저리 헤집어보는 거야. 식구들이 혼내키려다가도 그냥 두었지. 막내니까. 하여간 티스푼 하나를 쥐고 아주 쪼금씩만 먹던 아이였단다. 누가 아니라니, 비위가 약해서 그런 걸. 고기라곤 일절 못 먹었어. 지금도 못 먹지 않든? 기름진 것은 다 싫어했지. 다섯 살 때까지 내가 젖을 먹였잖니. 아주 작은 티스푼으로 김칫국물을 떠, 밥에 묻혀 먹었어. 병아리처럼 예뻤지, 그애는."

아빠의 어린 시절 이야기는 내가 퍽 좋아하는 얘기였다. 아빠가 사랑받은 막내라는 사실에 대리만족을 느꼈다. 막내는 중요한 존재도 아니면서 (그렇기에) 모두의 사랑을 받는 존재였다. 가족 구성원의 아량과 사랑을 모자처럼 쓰고 다니는 존재. 그 모자를 썼다는 것만으로 특별해지는 존재. 기대는 덜 받고 용서는 더 받는 존재가 막내였다. 한번은 아빠에게 말했다.

"아빠는 좋겠다."

"왜?"

"아빠는 사랑을 많이 받았잖아. 할머니 할아버지 고모 큰아빠들한테. 모두 다 아빠 편이 되어주잖아. 나는 편이 없어."

내가 진짜 하고 싶은 이야기는 '편이 없다'는 게 아니라 '엄마가 없다'는 말이었다. 아빠가 곤란할까봐 조금 비틀어 얘기했던 거다.

나로선 심각한 얘기를 꺼낸 건데, 그리하여 아빠가 자기 잘못(나를 더 사랑하고 보필하지 않은 점)을 뉘우치고 눈물을 글썽이며 사과하기를 바랐는데, 아빠는 고작 이렇게 말하고 냉장고 쪽으로 걸어갔다.

"뭐 먹을 거 없나?"

나는 더 이상 말하지 않았다. 비틀어 말하지 않았어도 아빠는 알아듣지 못했을 거다. 아빠는 늘 나보다 어렸다.

아이들은 현실을 수정한다

'못생긴 그림'처럼 말하고 싶을 때가 있다. 그게 모호한 말이란 건 안다. 내 기준에서 못생긴 그림이란 물감이 덕지덕지 뭉치고 섞여, 저희들끼리 끔찍한 포옹을 하고 있는 그림이다. 바라보는 쪽의 시선은 아랑곳하지 않고 엉망진창으로, 저희들끼리만 행복한 그림. 그건 대체로 못생긴 그림이지만 저녁 8시엔 고즈넉해지고, 자정이 넘으면 우아해진다. 그때를 빌려 감상해야 하는 그림. 아침이 되면 평범해지고, 그 밖의 시간엔 여전히 못생긴 그림. 루비와 보낸 어떤 시간들이 그랬다.

나는 무언가를 쓸 때가 많았고 루비는 무언가를 읽을 때가 많았다. 내가 필사를 하다 연필과 친해졌다면, 루비는 필사하는 내 모습을 지켜보다 책과 친해졌다. 둘이 바닥에 앉아 무언가를 읽거나 썼고 말하거나 들었다. 심심한 적이 없었다. 한번은 내가 이야기의 결말을 지어내다 말고 이런 말을 했다.

"자꾸…… 따뜻해져야 한다는 걸 잊어."

"따뜻해야 좋다는 걸 잊는 거겠지."

"달라?"

"달라. 따뜻해야 할 필요는 없어."

당연한 걸 물어본다는 듯이 루비가 말했다.

루비의 말 덕에 나는 자유를 얻었다. 내 이야기의 끝에는 학원에 가기 싫어 창문을 열고 뛰어내리는 어린이가 등장했다. 가출해서 세상을 떠돌다 나쁜 사람 두엇을 죽이고, 죄책감으로 자살해버리는 어린이가 나왔다. 자유의 끝판왕은 죽음이란 걸 어린 내가 알았을까. 루비는 일일이 평하진 않았지만 내 글을 다 읽었다.

루비와 나는 재수 없는 일을 겪거나 누군가에게 꾸중을 들었을 때, 슬픈 감정이 차오른다고 느껴질 때면 우리만의 '정화의식'을 가졌다. 각자 침을 세 번 뱉고, 삼십 초 동안 숨을 참았다. 손을 잡은 채 눈감고 열까지 셌다. 열을 센 다음, 동시에 눈을 뜨면 우리가 완전히 깨끗해졌다고 믿었다. 아무 일도 일어나지 않은 셈이라고. 우리 중 누구도 상하지 않았다고. 만약 누군가 먼저 눈을 뜨거나 늦게 눈을 떴다면 다시 감았다. 둘이 동시에 눈을 떠야 완전히 깨끗해지는 거라 생각했다. 동시에 눈을 뜨기 위해 자꾸만 눈을 감아야 했다. 눈을 감고 열을 세고 다시 눈을 뜨기까지, 열 번의 다른 호흡이 열 번의 같은 호흡이 될 때까지 노력이 필요했다. 우리는 결이 같은 호흡을 나누면서 깨끗해지길 꿈꿨다. 우리에게 일어난 나쁜 일들을 씻기고 태우고 묻었다.

　사람들이 착각하는 게 있다. 유년이 시절이라는 것. 유년은 '시절(時節)'이 아니다. 어느 곳에서 멈추거나 끝나지 않는다. 돌아온다. 지나갔다고 생각하는 순간, 다 컸다고 착각하는 틈을 비집고 돌아와 현재를 헤집어놓는다. 사랑에, 이별에, 지속되는 모든 생활에, 지리멸렬과 환멸로 치환되는 그 모든 숨에 유년이 박혀 있다. 붉음과 빛남을 흉내낸 인조보석처럼. 박혀 있다. 어른의 행동? 그건 유년의 그림자, 유년의 오장육부에 지나지 않는다.

그 시절의 루비를 만난다면 물어보고 싶다.

루비, 깨끗해져야 하는 게 정말 우리였을까?

가구 사용법

그날, 할머니에게 하고 싶은 말은 이 한마디였다. 배신자.

당시엔 어려서 그 단어를 몰랐다. 나를—어떻게—할머니가—. 어순이 뒤죽박죽인 진부한 말들이 떠올랐지만 입 밖으로 낼 수 없었다. 눈물이 앞서면 말은 설 자리를 잃는다. 여섯 살, 어쩌면 다섯 살일 수도 있다. 그때 나는 가진 게 없는 빈털터리 영혼에 지나지 않았지만 할머니만은 내 것이라 믿었다. 바보 같은 믿음이었지. 아는가? 믿음은 바보에게만 허락된다는 걸. 바보들만이 믿고, 바보들만이 운다.

나는 생각을 실 삼아 눈물을 방울방울을 꿰어보려 했다. 말하자면 생각으로 슬픔을 정돈해보려던 거다. 말을 고르느라 지쳐갈 무렵 슬픔으로 인해 내가 타격받았음을 깨달았다. 그렇지 않고선 '말은' 잘한다고 소문난 내가 한마디의 말도 할 수 없게 될 리 있겠는가. "슬픔으로 타격을 받은 자에게 말은 무겁고, 의사소통은 위험하며, 삶은 하찮아지나니. 이것 참 여러 가지로 난감하군요." 이렇게 말할 능력이 내겐 없었다. 필요한 단어는 다만 한마디, 배신자. 만오 년 즈음을 살아온 내게 그 순간 필요한 말은 그뿐이었으나 문장의 효용이나 단어의 의미를 고를 여유가 없었다. 슬픔과 슬픔 사이, 새로운 슬픔이 태어나 말을 밀어냈다. 밀려난 말은 밀려나는 속도에 되밀려 일어서지 못했다. 태어나지 못한 말은 태어날 기력이 없었던 거다. 긴 문장도 짧은 문장도 슬픔 앞에선 어렵다는 걸 그때 알았다.

믿음을 저버린 사람을 '배신자'라 부를 수 있다는 사실을 알았다면, 세상에 그런 편리한 단어가 존재한다는 걸 알았더라면 사용했을 게다. 할머니의 등에 대고, 세 글자로 이루어진 화살을 쏘았을 게다. 할머니가 후회와 반성으로 이루어진 거대한 추를 매달고 살기를 바랐을 게다. 그러나 나는 말을 몰랐다. 마음은 있으나 말이 가

난할 때 할 수 있는 건 울기. 웃기. 넘기기. 돌아가기. 죽기. 숨기 등등. 내 경우엔 숨었다. 꺼병이처럼 숨었다. 할머니가 앉던 의자, 아랫부분에 난 틈으로 머리를 들이밀었다. 머리통을 숨기기. 어둠 가까이로 얼굴을 밀어붙이기. 머리 외에는 몸이 없다는 듯 머리로 땅 파기.

머리를 수그린다는 건 세상을 잠시 꺼버리고 싶다는 의미다. 순차적으로 차근차근 생각할 수 없어서, 여유나 경황이 없어서다. 정말이다. 슬픔으로 타격을 받은 자는 먼저 얼굴을 숨긴다. 얼굴은 슬픔의 뒷면이다.

그리하여 그날 아침.

나는 의자 아래로 몸을 구겨넣었다. 최연소 서커스단원처럼 그 짓을 했다. 의자의 내부를 향해 돌진. 보이지 않는 터널을 통해 존재를 이동시키기. 여기가 아니라면 어디라도 좋았다. 나는 강아지처럼 낑낑거렸다.

"얘! 여름아, 이리 나와."

"얘가 왜 이래."

높게 치솟느라 바쁜 내 엉덩이를 향해 두런거리는 소리가 났지만 들리지 않았다. 나는 내 말을 듣느라 바빴다. 내 말을 내가 듣느라 너무나도 바빴다.

'나는 강아지야. 젖은 코를 땅에 박고 지하로 들어갈 거야. 들어가 나오지 않을 거야. 앞발과 뒷발을 사용할 거야. 방해하면 물어뜯을 거야. 사력을 다해 땅속으로 내려갈 거야. 꼬리를 흔들며 사라질 거야. 대가리를 절대 보여주지 않을 거야.'

열망에 한도가 있다면, 그때 나는 최대치를 사용했다. 낮고 비어 있는 네모난 틈을 향해, 의자와 바닥 사이의 공간을 최대한 벌리고자 했다. 그게 내 욕망의 전부였다. 의자다리 사이로 내 전부를 밀어넣는 일. 어찌나 강렬한 욕망이었는지 누구도 치솟은 내 엉덩이를 말리지 못했다. 사라짐을 믿는 존재처럼 나는 맹렬했다. 고모조차 두 손 두 발 다 들었다.

"그냥 두세요. 어리다 해도……. 쟤도 속이 있지 않겠어요?"

어떤 힘은 어린 날의 단 하루, 한순간에 다 써버리기도 한다. 훗날 어른이 되어 '그런 종류의 힘'을 내보려 해 봐도, 이전에 다 썼으므로 도저히 낼 수 없는 힘이 있다.

돌이켜봐도 나는 그날만큼 무언가를 해보려 사력을 다한 적이 없다.

내 힘은 그날의 의자 속으로 사라졌다. 사라지고 싶은 건 나였는데 내 힘만 사라졌다. 존재의 모든 구멍에서 뜨거운 즙이 나올 것처럼 사력을 다했고 그걸로 끝. 왜 하필 의자였을까.

어른들은 슬플 때 가구를 사용한다.
할머니는 슬플 때 의자를 사용했다.

고동색 나무의자였다. 양탄자 재질의 붉은 방석이 대어 있고, 반달 모양의 등받이가 원목으로 깎여 있는 의자였다. 다리 네 개가 밖으로 살짝 휘듯이 뻗어 단조로이 보이지 않았지만 장식적으로 보이지도 않았다. 그 의자는 무엇과 짝을 이루는 게 아니었다. 그냥 의자. 침실 창가에 놓인 할머니의 의자로 존재했다. 할머니가 앉아 있지 않으면 혼자 불퉁하니 선 것처럼 쓸쓸해 보였다.

할머니는 이따금 느린 걸음으로 의자에 가 앉았다. 한 자리에서 먼 곳으로 나아가는 사람처럼 보였다. 여기 있지만 마음을 다른 곳에 보낸 사람. 할 말을 참고 있는 사람처럼 입술 끝이 씰룩였다. 그럴 때 나는 할머니가 생각을 안으로 오므리는 중이라고 상상했다. 눈으로는 마당의 감나무나 수돗가에 묶인 개를 쳐다보는 것 같지만 정말은 아무것도 보고 있지 않았다.

한번은 할머니가 몸을 기울이고 턱을 괸 채 의자에 앉았기에 가보았다. 뭐 그리 몸을 틀어 볼 게 있는지 궁금했는데, 턱을 괸 할머니의 손가락이 젖어 있었다. 나는 할머니의 손가락을 내 가슴 쪽으로 끌어당겼다.

"할머니, 왜 울어?"

"우는 게 아니야."

"울고 있잖아. 여기 눈물."

"아가, 기르던 개를 파는 일만큼 서운한 게 없단다."

"할머니. 뽀삐는 있어, 저기에."

할머니가 눈이 나빠졌을까 염려되어 손가락으로 마당의 개를 가리켜 보였다. 할머니는 내 손도, 손가락이 가리키는 뽀삐도 보지 않았다.

그땐 모두들 개를 마당에 묶어 길렀다. 개에게 집을

지키는 임무를 주었다. 식구들이 식사를 마치면 남은 음식을 대접에 담아 개 밥그릇에 부어주었다. 마당에 붉은 국물이 튀었다. 개는 꼬리를 치며 밥을 주는 손을 핥았다. 개는 짠 국과 신김치, 눌은밥을 먹었다. 식구 중에 개를 괴롭히는 이는 없었지만 특별히 공들여 돌보는 사람도 없었다. 개는 그냥 거기에 있는 존재였다.

개는 식구들의 출입에 맞춰 꼬리를 흔들다 어느 날 갑자기 사라지기도 했다. 유치원에서 돌아왔을 때 문득, 어른 손을 잡고 동네를 한 바퀴 돌고 왔을 때 문득, 개가 사라졌다는 걸 알았다. 내가 칭얼거렸던가. 개를 다시 데려오라고 울었던가. 기억나지 않는다. 동네엔 개장수들이 수시로 돌아다녔다. 확성기에 대고 개를 팔라고 외치면 동네 개들도 어린 아이들도 몸을 웅크렸다. 개가 어디로 팔려가는지 알 수 없었음에도 약한 존재들은 두려워했다. 골목을 지키던 개들은 팔려나가기도 하고, 함부로 대문을 넘어선 개장수에게 몰래 끌려가기도 했다.

고모는 식구들이 마당에 나갔다 들어오면 물었다. 개 만졌니? 거짓말하는구나. 손 씻어라. 처음에 나는 사실대로 말했다. 안 만졌으면 안 만졌다고 말하기. 그렇지

만 그건 틀렸다. 옳지 않은 대답이었다. 개 만졌니? 아니
요. 만졌잖아, 소리가 들리던데. 개를 만지는 소리도 들
리나? 그건 어떤 소리일까? 나는 개를 만져도, 만지지
않아도 그냥 손을 씻었다. 손을 씻는 일은 쉬웠다. 개를
만지지 않았다는 걸 증명하는 일보다 쉬웠다. 하지 않
은 일을 증명하는 일, 그건 미치도록 어렵다. 당시 개는
그런 존재였다. 귀엽고 꼬리를 흔들고 가족에게 호의적
이지만, 접촉하면 손을 씻어야 하는 존재. 가족 가까이
에 있지만 가족과 같은 위치에 있을 순 없는 존재. 가족
이란 울타리 안과 밖, 경계에 서서 '위험(더러운 것에 덮
여 씌워질)'을 살피며 서성이는 존재였다. 위험한 일이 생
기면 최전선에서 수비수 역할을 해야 하는 존재. 위험에
가장 먼저 노출되어 있는 존재가 우리를 지켜야 했다.

　개들은 사라졌다가 어느 날 문득 돌아와 있었다. 다르
지만 비슷한 모습을 하고, 비슷하지만 다른 모습을 하고.
이름은 늘 뽀삐였다. 뽀삐가 왔어.(다시?) 뽀삐야!(다시?)
뽀삐 밥 가져다주고 와라.(다시?)

　할머니가 의자에 앉아 중얼거리던 말은 내 속에 잠든

모든 뽀삐들을 깨워놓았다. 할머니는 내게가 아니라, 마당의 감나무 그늘에 대고, 사라진 뽀삐들의 영가(靈駕)에 대고 중얼거렸다. 기르던 개를 파는 일만큼 서운한 게 없단다. 없지. 그 의자는 집에서 할머니만 앉는 의자였다.

할머니는 지금 슬프구나. 할머니의 짧게 구불거리는 머리카락 끝만 봐도 알 수 있었다. 그날은 특히 할머니의 숨소리가 고르지 않아 보였다. 숨이 가빠 가슴이 오르락내리락하다, 죽은 것처럼 숨소리가 들리지 않기도 했다. 나는 할머니의 발치에 앉아 노는 척했다. 그곳에 앉아야 할머니를 관찰할 수 있었다.

"할머니 숨 쉬고 있어?"

할머니는 창 밖에 던져둔 눈길을 거둬오지 않았다.

"할머니, 뽀삐 생각해? 할머니, 나 배 아파."

물론 거짓이었다. 거짓말은 효과가 좋아 급할 땐 사용할 수밖에 없었다. 할머니는 나를 내려다보았다. 옛날 물건을 이제야 발견했다는 듯이 눈을 동그랗게 뜨고 바라보았다. 할머니는 내 웃옷을 들춰 손을 넣고는 배를 쓸었다. 오른쪽으로 두 번, 왼쪽으로 한 번. 다시 오른쪽으로 두 번, 손바닥으로 따뜻한 동그라미를 그렸다. 물기 없이 도톰한 손의 감촉이 좋아 할머니 품으로 내 고개가 기울어졌다.

할머니가 내 쪽을 바라보는 것만으로도 안심이 되었다.

"경대에서 빗 좀 가져오련?"

나는 무릎걸음으로 가 바닥에 놓인 경대를 열었다. 오동나무로 만든 경대는 오래된 물건이었다. 할머니가 시집 올 때 친정에서 가져온 거라 했다. 반달빗을 할머니에게 가져가기 전에 할머니가 빼둔 호박 반지를 보았다. 내가 크면 물려주겠다던 반지. 그러다 거울에 금이 간 걸 보았다.

"할머니, 거울이 왜 깨졌어?"

"어여 빗이나 가져와라."

"거울 누가 깼는데?"

할머니는 대답하지 않고 천천히 머리를 빗었다. 오른손으로 빗질을 하고 왼손으로는 빗질한 머리칼을 쓸어넘겼다. 할머니는 언제나 공들여 몸단장을 했다. 눈썹을 그리거나 연한 색으로 입술을 칠할 때, 머리에 헤어롤을 말 때, 손톱에 분홍색 매니큐어를 칠할 때 할머니의 동

작은 멈춘 것처럼 보일 정도로 느릿했다. 바쁠 일이 없다는 듯이. 고모는 그런 할머니의 행동을 종종 탓했다.

"이 집에서 바쁜 건 나 하나지. 엄마는 맨날 앉아서 화장이나 하고. 아버지가 엄마를 좀 위해요? 딸년이 얼마나 고생을 하는지 누가 알겠어."

고모는 할머니가 아끼는 장롱의 문을 죄다 열어젖히고 이렇게 말한 적도 있다.

"봐요. 얼마나 많은지. 노인네가 옷이 나보다 많네. 나는 정 서방이……."

할머니는 이렇게 대꾸할 뿐이었다. 원하면 너 가져다입으렴. 할머니가 화를 화로 받아치지 않을 때마다 고모는 더 화가 난 듯 보였다. 열린 장롱 문틈으로 가지런히 걸려 있는 재킷, 블라우스, 치마, 바지가 후들후들 떨고 있는 것처럼 보였다. 고모는 화가 날 때도 슬플 때도 억울할 때도 힘들 때도 어려울 때도 자기 엄마 앞에 와서 엄마의 태평함을 탓했다. 나는 고모가 할머니에게 짜증을 내고 나무라듯 말하는 게 싫었다. 그럴 때면 할머니가 의자에 더 오래 앉아 있었기 때문이다. 나는 할머니에게 잘못이 있다면 지나치게 고운 것, 그뿐이라고 생각

했다. 양반댁에서 손에 물 안 묻히고 자라 느린 행동이
몸에 밴 것뿐이라고. 시대가 변하고 집안 사정이 이리저
리 바뀌어도 할머니는 달라지지 않았다. 할머니는 변하
지 않는 사람, 정확히 말하면 거칠어지지 않는 사람이었
다. 거칠어지지 않는 사람을 이길 자는 없다. 고모는 할
머니의 부드러움을 질투한 것인지도 모른다.

　할머니는 머리를 다 빗은 뒤 나를 끌어다 앉혔다.
　"강아지 꽁지처럼 빗을 것도 없네."
　"아직 아기라 그래."
　"머리카락이 가느다래 빗을 것도 없어."
　"그래도 계속 빗어."
　"계속 빗다간 남아나는 것도 없을걸?"
　"할머니, 어젯밤에 할아버지가 왜 할머니를 끌어당겼
어?"
　할머니는 내 머리카락을 빗던 손을 멈추었다.
　"누가 그러디?"
　"내가 봤어. 내가 어젯밤에 봤단 말이야."

순간 우리 사이에 폭이 좁은 강이 생겼다. 우리는 강을 사이에 두고, 이쪽과 저쪽에 앉아 서로를 바라보지 않으려고 노력했다. 우리는 물을 봤다. 강물이 흘러가는 모습을 잠시 지켜보았다.

"잘못 본 거야."

나는 할머니의 손이 강을 건너 내게 올 수 있도록 끌어당겼다.

"할머니, 머리 빗겨줘. 계속. 멈추지 마."

사람들 사이에 강이 생기면 그 강을 메우고 싶어 하는 버릇이 이때 생겼다. 나는 할머니의 손, 머리를 쓰다듬는 손길, 나를 향해 두런거리는 순한 농담들이 계속되길 바랐다. 할머니의 손길이 좋아서 내가 할머니의 슬픔을 감지한 걸 모른 척했다. 모른 척하기, 그건 수도 없이 해온 일이다. 무언가를 들키는 순간 어른들은 쉽게 무너진다. 화를 내거나 고개를 파묻고 싶어 하고, 어느 때는 울기도 한다. 그런 모습은 보고 싶지 않았다. 어른들을 바로 세우기 위해, 그들을 돌보기 위해 내가 할 수 있는 일은 모르는 척하기뿐이었다.

그러니까 그날 내가 본 장면을 지금까지 함구한 건 할

머니를 돌보기 위해서였다. 할머니가 없으면 한 시간도 못 되어 불안해하는 할아버지가, 프룬주스가 없으면 똥을 못 누는 할머니를 위해 매번 수입상점에 들러 비싼 주스를 사오는 할아버지가, 할머니 힘들다고 설거지는 도맡아 하던 할아버지가, 공처가로 소문난 할아버지가 지난밤 할머니에게 한 일을 함구한 건 할머니를 돌보기 위해서였다. 할아버지는 할머니의 옷깃을 잡고 방의 이쪽 끝에서 저쪽 끝까지, 질질 끌고 다녔다. 할머니는 주저앉은 채로 방을 가로질러, 가고 있었다. 개처럼 질질 끌려 가고 있었다. 고운 얼굴과 가느다란 모가지 아래에 투명한 목줄이 채워진 채 가고 있었다. 이를 악문 할아버지의 형형한 눈빛을 받아내며 가고 있었다.

내가 본 건 뭐였을까. 피로하다는 듯 고개를 외로 꺾은 할머니의 얼굴. 가고 있던 할머니는 그래서, 어디에 도착했을까.

그건 소문이었다. 누가 무얼 어쩐대, 소곤대는 말. 잠결에 그 말을 들었는지, 소파에 앉아 방석과 방석 사이에 인형 다리를 세워보려다 들었는지 모르겠다. 어쩌면 누군가 전화하는 소리를 들었는지도 모른다. 하여간 소문이었다. 소문은 여기저기를 부유하므로 어디에서 시작된 건지 알 수 없었다. 중요한 건 소문의 덩치이지 출처가 아니다.

"할머니, 미국 가?"

소문이 사실인지 알아보려고 내가 물었을 때 할머니의 얼굴이 멀어졌다. 곁에서 조금 떠밀리듯이, 그러니까 얼굴만 저쪽으로 떠밀려가듯이 멀어졌다. 정확히는 눈빛이 멀어졌다. 할머니의 눈빛은 나를 뚫고 다른 곳으로 가버렸다. 내 조그만 얼굴과 뒤통수를 뚫고 어두운 그림자를 지나, 영 먼 데를 보는 것 같은 눈빛이었다. 앞에 내가 없다는 듯이, 그러나 내 쪽에서 고개를 돌리지 않은 눈빛이었다. 할머니는 별말 없이 내 이마를 쓰다듬고 머리카락을 매만졌다. 어른들이 내 머리통을 쓰다듬을 때으레 하던 말, "고놈 참 다마네기처럼 생겼네." 이런 말도 없었다. 할머니는 말이 두려운 사람이 하는 동작으로, 나를 끌어당겨 품에 안았다. 말이 나와서 말이지만, 어른들의 다마네기 운운하는 말은 어린 나를 퍽 성나게 했다. 다마네기라는 말에 담긴 조소, 함부로 대해도 좋을 대상을 두고 터져나오는 웃음, 웃음의 가벼운 속성 탓에 기분이 상했다. 어른들의 웃음은 나를 항상 화나게 했다. 내 생김을, 양파처럼 양옆으로 둥글둥글 튀어나온 내 머리통을, 내 존재 자체를 나무라는 말처럼 들렸다.

할머니는 나를 두고 일체 그런 말은 하지 않았다. 그저 쓰다듬고 쓰다듬었다. 어루만져서 좋아지는 게 세상에 있다는 듯이. 그 있음을 보듬는 눈빛과 손길로 나를 만졌다. 나는 할머니 손에서 다시 빚어지는 기분을 느꼈다. 고요 속에서 다시 태어나는 것 같았다. 나는 할머니의 손길에서만 존재의 당위를 얻었다. 그럴 땐 할머니가 나를 낳았어야 했다고, 내 엄마여야 했다고 생각했다.

부드러운 것은 쉽게 사라진다. 첫눈, 미소, 할머니, 인생의 봄. 왔다가 금세 가는 것. 생각을 하고 있으면 이런 생각을 내가 했을 리 없다고 생각한다. 생각이 생각하고, 생각을 생각한다. 생각은 사건 후에 온다. 시간이 지난 후, 그때를 기억한 마음에 결정처럼 내려앉는 것. 다마네기처럼 내가 미끄러워서, 내 존재가 미끄러워 사랑하는 사람을 붙잡아두지 못하는 걸까 고민한 적이 있다. 그렇다. 어릴 때 나는 대체로 미끄럽게 존재했다. 미끄러워서 다들 나를 타고 훌훌 내려갔다.

그날 이후, 할머니에게 미국에 가느냐고 다시 묻지 않았다. 할머니도 그에 대한 이야기를 하지 않았다. 우리 사이에 있지만 없는, 비밀처럼 그냥 두었다. 들춰보지 않았다. 의심하지 않았다. 의심을 위해선 용기가 필요한데, 당시 내겐 그럴 용기가 없었다. 우선은 안심한 척했다. 늘 그래왔듯이 할머니의 팔이 찬장을 향해 길어지는 것을 보았다. 팔은 할머니가 나를 위해 펼치는 지느러미처럼 보였다. 나를 덮어주고도 남을 만큼 넓고 길어질 수 있는, 막대한 영향력을 가진 지느러미. 할머니는 찬장에서 숨겨둔 시리얼을 한 줌 꺼내주거나 앙꼬가 든 작은 떡을 꺼내주었다. 아무도 없을 때, 내게만 주었다. 키가 닿지 않는 찬장 위에 나만 아는 작은 집이 있는 것 같았다. 나는 순진함이, 그리고 좋은 어른 한 명이 아이를 지킨다고 믿는다. 할머니는 나를 지키는 단 한 명의 어른이었다.

그날 일은 띄엄띄엄 기억난다. 무수한 이별이 있었지

만, 내 인생에서 첫 번째로 느낀 위태로운 이별의 날. 할아버지와 할머니가 커다란 가방을 여러 개 싸서, 미국 큰아버지네로 이민을 가던 날. 몇몇 어른들은 공항으로 향했고 나는 집에 남아 있었다. 마땅히 이별의 인사를 나누지도 못했다. 숨이 넘어가도록 울었던 기억은 있다. 심장이 (실제로) 쑤실 정도로 울었고 할머니가 슬플 때 앉던 의자, 그 아래에 머리통을 집어넣은 채 나오지 않았으니까. 정말이지 그 의자 속으로 들어가고 싶었다. 머리를 처박은 채 울고 또 울어도 별다른 일이 생기지 않는다는 걸 의자 아래에서 배웠다. 그래봤자 할머니는 사라지고, 의자 아래에 고인 어둠이 내 슬픈 다마네기 머리통이라는 사실만 자명했다. 슬픈 다마네기. 그 고통! 양파는 절대로 모를 다마네기의 고통이 그날 있었다. 슬픔이 굳어 의자가 된다는 것, 의자는 이별을 앉히기 가장 좋은 가구라는 걸 그때 배웠다.

비행기가 뜨고 내리는 사이, 누군가가 떠남으로 생기는 자리가 구멍에서 벌판으로 바뀌는 시절을 지나며 내가 겪었을 구체적인 일들은 기억나지 않는다. 그때 나는 다섯, 혹은 여섯 살이었으니까. 그저 실연한 꼬맹이였으니까.

스무 해가 지나 할머니가 정말 꼬부라진 할머니가 되어 한국에 돌아왔을 때, 우리는 할머니와 손녀라는 역할을 손에 쥐고 서먹하게 앉았다. 식탁에 귤이 있었다. 할 말이 없었다. 시간은 우리의 할 말들을 다 가져가버린 것 같았다. 먹고 싶지도 않았는데 귤을 하나 들어 껍질을 까고 있을 때 할머니가 입을 열었다.

"도착해서 한 달은 울었지. 새벽에 깨서 내내 울었어."

"왜요?"

"네가 죽을 것 같다고, 다시 오면 안 되겠냐고 그러잖니. 네 고모가……."

"죽어요?"

"어린애가 시름시름 앓는다고 고모가 걱정이 많았어. 병원에 데려갔더니 애가 상심해서 그런 것 같다고. 상심 때문에 어린애가 죽을지도 모르겠다고 하더란다. 그러니 할미가 얼마나 울었는지……."

나는 '상심'이란 말이 걸렸다. 할머니와 나 사이, 또다시 강이 생겼는데 하필 그 강이 내 목 안에 생겨났다. 눈물을 참지 않으면 얼굴에서 눈이 연약해지는데, 눈물을 참으면 얼굴 아래 목이 취약해진다. 목은 둑처럼 외로이 서서, 몸 밖으로 빠져나가려는 것들을 홀로 버텨야 한다. 슬픔, 고통, 회한, 괴로움, 억울함, 쓸쓸함 따위 타르 같은 감정의 찌꺼기들을 홀로 붙잡고 있어야 한다. 목울대가 뻐근해지는 걸 느꼈다. 울고 싶지 않았다. 돌아온 배신자 앞에서 내 연약함을 보이는 건 모양이 빠지는 일이었다. 눈을 치뜨고 천장을 보며 잠시 숨을 골랐다.

"상심으로 죽을 수 있는 건 개와 어린애뿐이야."

나는 귤껍질의 두께를 가늠해보려는 사람처럼 엄지와 검지로 귤껍질만 만지작거렸다. 옛날 뽀삐들을 생각했다. 수돗가에 묶여 있다 사라지던 뽀삐들. 모르는 사이에 몸에 배었을지 모르는 상심의 기억이 징그럽게 느껴졌다. 죽을 수 있을 정도로 상심하는 일이란 게 말이 될까. 상상할 수 없었다. 그건 너무 무겁고 너무 지나치고 너무 축축하고 너무 촌스럽고 너무 너무 너무…… 부당했다.

"기억 안 나요. 그날 아침은 생각이 나는데……. 제 생각에 저는 별로……."

"어렸으니까. 아주 쪼그마할 때니까. 한동안 밤만 되면 네 목소리가 아른거렸다. 할머니 가면 나는 누가 키워, 누가 키워, 네가 그랬거든. 그 소리가 자꾸 들려, 한밤중에 우두커니 앉아 눈물을 흘렸지."

"말도 안 돼. 제가 그런 말을 했다고요?"

할머니 눈에 눈물이 맺히고 있었다. 나는 불편해졌다. 이 식탁에서 눈물만은 막아야 한다고 생각했다. 할머니의 눈물이 떨어지기 전에 말을 돌렸다.

"할머니. 예전에 앉았던 의자, 기억나세요?"

"의자?"

"할머니 방에 있었잖아요. 고동색 나무의자."

"그 집에 의자는 많았지."

"왜, 거기 앉아서 자주 창밖을 내다봤잖아요. 바닥엔 경대도 놓여 있었고. 할머니, 그 경대 미국에 가지고 가셨어?"

"맞다. 그걸 참 어디에 두었더라? 요새는 색경이 지천이니까."

"할머니, 그때 경대 앞에 앉아계시면 예뻤는데."

"그땐 내가 예순이 채 안 되던 때 아니니. 지금은 봐줄 수가 없지? 여봐라."

할머니는 믿기지 않는다는 듯이 주름진 두 손을 내밀어 보였다. 나는 대답 대신 내 두 손을 얼굴로 가져가 마른세수를 했다. 늙어버린 게 나인 것 같았다. 나는 이야기를 서쪽으로 끌고 가고 싶어졌다. 이제 내겐 그럴 여유가 있었다.

"그 경대, 깨졌었잖아요. 누가 깨뜨렸는지 기억나세요?"

할머니는 식탁을 향해 기울였던 상체를 뒤로 젖혔다.

"이제 기억력이 많이 흐려졌어."

"할아버지요. 할아버지가 깨트린 거 아니에요?"

"몰라. 기억이 안 나."

"할아버지는 할머니를 많이 아끼셨지요?"

할머니는 자질구레한 사품을 함에 넣고 닫아버리는 사람처럼, 이 말을 끝으로 입을 닫았다.

"네 할아버지는 나 없인 살 수 없는 사람이었다. 살 수 없었을 거야."

할머니는 의자를 기억하지 못했다. 경대도, 뽀삐도, 할머니가 개가 되어 끌려가던 어느 밤도 잊은 듯 보였다. 시간이 할머니의 몸을 관통하는 동안 불편한 기억을 다른 무엇으로 갈음한 듯 보였다. 다른 무엇. 다른 무엇. 다른 무엇?

그렇지만 내 눈엔 보였다. '보았다'라고 쓸 수 없지만 '보였다'라고 쓸 수는 있는 장면. 한밤중에 깨어 미국 땅의 낯선 풍경을 내다보며, 의자에 앉아 울고 있는 여자. 의자에 앉으면 한자리에서 먼 곳으로 가던 여자. 속에 여러 마리의 개들이 들어앉은 여자. 무수한 뽀삐들. 나. 당신. 그리고 의자. 보였다. 의자는 무수히 증식할 수 있었다. 할머니가 가는 곳마다 어디든 의자는 넘쳐날 수 있었다. 아니, 할머니는 의자였다. 할머니가 의자였다.

내 수영복이 아니야

여름방학 동안 루비가 외가에 가버리는 바람에 나는 할 일이 없었다. 루비에게 편지를 썼다. 수영장 이야기다. 대충 이런 이야기.

미술학원에서 우리를 수영장에 데리고 갔단다. 수영복 입는 게 부끄러워 가기 싫었는데 어른들이 꼭 가야 한다고 했단다. 고모가 수영복을 사줬단다. 파란 바탕에 분홍 줄무늬가 대각선으로 그려진 수영복이란다. 내가 가진 좋은 물건은 거의 다 고모가 사준 거란다. 어린이용 선글라스도 빨간 바탕에 검은 코끼리가 그려져 있는 티셔츠도. 어쩔 땐 내 인생도 고모가 사준 것 같단다. 아빠는 문방구에서 수영모를 사왔는데 대머리처럼 보일 염려가 있는 회색 민무늬 수영모였단다. 나는 한 시간 반을 울고불

고했단다. 대머리가 될 순 없다고, 아이들에게 놀림을 받을 거라고 울부짖었단다. 내가 울기 시작하면 끝장을 본다는 걸 알기에 아빠는 다시 문방구로 갔단다. 가서 꽃이 다닥다닥 달려 있는 노란색 어린이용 수영모로 바꿔왔단다. 가격이 훨씬 쌌단다. 싸구려를 좋아한다고 나는 타박을 좀 받았단다. 어쨌든 그걸 쓰고, 고모가 사준 수영복을 입고 소독약 냄새가 진동하는 차가운 물에 몸을 담그고 아이들이 끝도 없이 만들어내는 물방울 세례를 받아내며 '여름 활동'을 끝냈단다. 그다음 (여기부터가 중요하단다, 루비야) 탈의실로 들어가 옷을 갈아입었단다. 선생님이 수영복 한 벌을 손에 들고 물었단다. 이게 누구 수영복이지? 아이들은 서로 두리번거렸단다. 나도 열심히 고개를 돌려가며 살펴보았지. 수영복을 잃어버린 바보가 누구지? 이게 누구 수영복인지 잘 살펴봐! 선생님의 말에 나는 '금도끼, 은도끼'를 찾아 주는 산신령 이야기가 떠올랐단다. 그래서 산신령을 좀 생각하고 있었단다. 이런 일이 현실에서도 일어나는구나. 아무도 손을 들지 않자 선생님은 한 번 더 물으며 한숨을 쉬었단다. 그때서야 나는, 선생님의 한숨 소리를 듣고 나서야 수영복을 살펴

보았단다. 내 수영복과 모양과 색상이 아주 똑같더구나. 그렇지만 루비야, 나는 바라만 봤단다. 나와 똑같은 수영복을 입고 온 아이가 있었던가, 생각했단다. 수영복을 잃어버린 사람이 아무도 없었기에 우리는 가방을 메고 수영장을 나와 집으로 갔단다. 집에 돌아와 가방을 열었는데 수영복이 없었단다. 새엄마가 수영복을 어디에 두고 왔느냐고 아우성을 치는 바람에 귀가 멍멍해졌단다. 나는 수영복과 선생님의 한숨과 금도끼 은도끼와 산신령과 소독약 냄새와 물에 불은 손과 발의 둔한 느낌에 대해 한꺼번에 설명하느라 정신이 없었단다. 선생님이 수영복 잃어버린 사람이 누구냐고 물었다며? 응, 그렇지만 내 수영복은 아니었어. 모양이 똑같았다며? 언뜻 보면 닮았지만 내 수영복은 아니었다고. 너 바보야? 네 가방에 없잖아 수영복이! 없지만 그건 절대로 내 수영복이 아닌 것 같았어! 루비. 나는 수영복이 없다는 사실을 믿을 수 없고, 갑자기 세상이 무서워졌단다. 나는 수영복을 잃어버리지 않았다고 비명을 질렀단다. 그럴 수밖에 없었지. 잃어버리지 않았는데, 그게 없을 뿐이라고. 루비, 정말이란다. 나는 수영복을 잃어버리지 않았어. 그냥 없을 뿐

이야. 갑자기. 없어졌어. 잃어버린 게 내가 아니라고. 절대로. 선생님 손에 들려 있던 건 내 수영복이 아니었거든. 모양만 똑같았을 뿐이라고. 루비. 내 마음을 너는 알겠지?

대충 이런 내용으로 편지를 쓴 다음, 나는 주먹을 들어 얼굴을 몇 번 문질렀다. 피부의 뛰어난 방수 기능 덕에 눈물은 스며들지 않고 말았다. 나는 루비가 돌아오길 기다렸다. 편지는 보내는 방법도, 주소도 몰랐기에 보내지 못했다. 이 사건이 여름방학 때 나를 고통스럽게 한 가장 큰일이었다.

할 수 있는 이야기

밤, 더위, 쓸쓸함이 몸에 달라붙었다. 엎드려 이 생이 주는 가혹함에 대해 생각했다. 아직 십 년도 채 안 살았는데 삶이 바닥을 보여주다니. 단맛, 짠맛, 신맛 따위는 있으나 마나. 내겐 쓸쓸함과 아린 맛, 혹은 무미, 그런 게 다였다. 개미 한 마리가 엎드려 있는 내 옆을 지나가고 있었다. 머리 가슴 배. 두려웠다. 여섯 개의 다리로 걸어오는 것. 더듬이를 이쪽저쪽으로 움직이는 것. 나에 비해 너무 작은 것. 내 손끝에서 당장 끝날 수 있다는 것. 끝나도 끔찍하게 많은 개미들이 그 뒤를 줄지어 지날 거라는 것. 그럼에도 불구하고 얼마든지 나를 깨물 수 있다는 것. 서로 말이 통하지 않고, 길이 다르며, 무엇 하나 나눌 수 없다는 게 무서웠다. 나는 이불을 몸에 휘감고 떨었다.

"넌 참, 왜 이리 유난을 떠는 거야?"

새엄마는 말을 집어던지듯 했다. 재주라면 재주였다.

"개미가 무서워."

"개미는 네가 무섭겠지."

"그렇다면 똑같지. 나는 개미가 무서우니까. 개미는 내가 무섭고 나는 개미가……."

"그만 좀 해! 염병. 나는 네가 무섭다."

나는 새엄마가 원하는 대로 잠시 닥쳤다.

"그렇지만 개미가 자꾸 내게 온단 말이야."

"개미는 너에게 조금도 관심이 없어."

그건 틀린 말이었다. 개미는 한사코 내 쪽을 향해 기어오고 있었다.

"봐. 이쪽으로 오잖아."

새엄마는 내 몸을 둘러싼 이불을 잡아끌었다. 거친 손길로 이리저리 내 몸을 굴려보더니, 어깨에서 머리카락한 올을 꼬집듯이 잡아올렸다.

"이거 봐라. 이게 머리카락이지, 머리카락!"

새엄마 눈엔 개미가 보이지 않는다는 사실이 놀라웠다. 세상을 둘러싼 온갖 이질적인 존재가 우리와 '동시에' 살아가고 있다는 사실에 아무런 반응도 하지 않는다는 사실이 절망스러웠다. 우린 달랐다. 새엄마는 무감했고, 무감하다는 건 곧 무력하다는 이야기와 같았다. 나는 새엄마가 내 몸에 붙은 머리카락을 떼어가든 말든 상관 하지 않기로 했다. 그게 무슨 상관이란 말인가. 그보다 '염병'이란 말이 걸렸다. 처음 듣는 욕이었다. '염병'의 의미에 대해 생각하고 있는데 곧 그럴 여유가 없어졌다. 개미가 또다시 기어오고 있었다. 나는 다시 이불을 몸에 둘둘 말았다. 성에 차지 않아 입까지, 코까지, 머리 끝까지 이불을 끌어올렸다. 이불로 나를 감싸야 했다. 무엇도 침투하지 못하도록. 발끝까지. 온몸을 전부 꽁꽁 감쌌다. 겨드랑이와 등에 땀이 났다. 사타구니에 땀이 나서 오줌을 지린 것처럼 속옷이 젖었다. 몸 곳곳이 간지러웠다. 개미와 머리카락이 합작해서 내 몸 구석구석을 기어다니는 것 같았다. 나는 고행하는 수도승처럼 울음을 참으며 밤을 견뎠다. 기어라 개미야. 나는 견디겠다. 기어라 개미야. 몸을 내주겠다.

잠이 왔다. 찌그러진 잠이었다.

그날 밤, 어떤 소리 때문에 깼다. 그 소리는 이제껏 내가 들은 모든 종류의 소리 중 가장 이해하기 어려운 소리였다. 소리라기보다 파장에 가까운, 이해의 영역을 넘어선 소리였다.

밤의 짐승들은 소리를 냈다. 둘이 있을 때. 이해하려 들면 안 되는 소리. 내가 이해할 수 있는 말은 두 가지였다. 아파. 이러면 아파? 응, 아파. 하지 말까. 아니, 해.

나는 어두워서 볼 수 없었고 보고 싶지도 않았다. 밤새도록 내 몸을 이불로 감싸는 데 온 힘을 다했기 때문에 남은 힘이 없었다. 나는 깨고 싶지 않았다. 내가 깨어나는 게 '세상의 규칙'을 위반하는 일이란 생각이—본능적으로— 들었다. 이건 또 다른 종류의 개미 떼잖아, 생각했다. 지겨운 개미들. 지치지도 않는 개미들. 오고 또 오는 개미들.

새엄마와 아빠는 어둠 속에서 끙끙거리기도 하고 알 수 없는 말을 주고받기도 하고 서로 때리는 것 같았다. 이해하기 힘들었지만 저들이 저 짓을 '원해서' 하는 일이라는 것쯤은 알 수 있었다. 나는 인간의 성행위에 대해 눈곱만큼도 아는 게 없었기에 이상한 기운을 감지하기만 했을 뿐, 상황을 파악할 순 없었다. 나는 불편함을 껴안은 채로 자다 깨다 했다. 들키지 않으려고 애를 썼지만 오줌이 마려웠다. 오줌을 참을 수 있는 데까지 참아보려고 애를 썼다.

소리 속에서 꿈을 꿨다. 내 최초의 예지몽이랄까. 그 꿈으로 나는 인류의 기원에 대해 알게 되었다. 자연스럽게. 아주 천재적으로! 어떤 꿈이냐고? 거대한 바나나가 개미 떼처럼 몰려오는 꿈이었다. 바나나의 바나나의 바나나의 바나나의 바나나의 바나나들! 껍질이 반쯤 벗겨진 바나나들이 수도 없이 나를 향해 걸어오는 꿈이었다. 그리고, 나는 몹시 요의를 느꼈다.

"쟤는 그냥 어린애일 뿐이야. 너가 지나치다고!"

"쟤가 어제 깨어 있었대도? 쟤 어제 꿈틀거렸다고. 영악해. 난 쟤가 무서워."

"자다 꿈틀대지 않는 애가 어디 있냐?"

또 나 때문이었다. 둘은 언제나 나 때문에 싸웠다. 이번엔 내 오줌 때문이다. 지난 밤 오줌을 참느라 뒤척인 걸 새엄마가 알아챈 모양이다.

"너 자꾸 내 새끼를 건드릴 거야?"

아빠가 나를 '새끼'로 비유할 땐 기분이 좋았다. 작은 바구니에 들어가 검은 밍크담요를 덮고 무언가를 기다리는 고양이가 된 기분이었다. 그날 그들은 내가 '본 것'을 두고, 시비를 가리며 한참을 싸웠다. 물론 나는 끝까지 잡아뗐다. 나는 깨어 있지 않았어요, 나는 쿨쿨 잠들어 있었어요, 주장했다.

아빠는 대부분 내 편을 들어주었다. 딱 한 번 내가 바지에 똥을 쌌을 때를 제외하고. 그땐 속이 좋지 않아 실수했다. 아빠는 내 어깨를 잡고 화난 표정을 지으며 경고했다. 다시는 바지에 똥을 싸면 안 돼. 다시는! 나는 약속했다. 다시는 바지에 똥을 싸지 않겠다고. 그 약속은 지금까지 지켰다.

그들이 싸울 때마다 헤어지길 바랐다. 이러저러한 게 맞지 않으니 우리 헤어집시다, 안녕. 이렇게 되길. 어차피 아빠를 좋아하는 여자들은 많으니, 아빠는 곧 다른 여자를 만날 수 있을 거라고 속으로 응원했다. 하지만 어떻게 된 건지 그들은 싸우고 난 뒤면 더 돈독해졌다.

할 수 없는 이야기

루비가 외할머니 댁에서 돌아왔다. 우리는 잠깐 떨어져 있는 동안 새로 알게 된 '비밀'을 하나씩 털어놓았다. 아이들은 비밀을 나눠 가지며 결속을 경험한다.

여름의 말:

새엄마는 싱크대 위에 고구마를 늘어놓고 흙을 털어 내지. 수도꼭지를 비틀어 흐르는 물에 고구마를 씻어. 찜기를 꺼내지. 고구마가 고루 익을 수 있도록 찜통에 하나하나 배치해. 가스레인지 불을 켜고 중불로 조절해. 이제부턴 기다림이지. 나도 기다려. 서서히 일어나는 냄새. 웅크리고 있던 딱딱한 고구마를 누군가 깨우듯이, 고구마가 기지개를 켜는 냄새. 고구마는 불을 만나야 비로소 냄새를 피우지. 특유의 구수함이 부엌

을 떠돌지. 다 익은 고구마를 소쿠리에 담아놓고 부채
질을 몇 번 하면 새엄마는 나를 불러. 가장 작은 고구
마와 가장 큰 고구마를 양손에 쥐고, 나를 바라봐. 나는
관찰하지. 얼른 달라는 표정을 그냥 지어 보이는 거야.
어른들은 그런 걸 바라니까. 주세요, 하는 표정. 나에겐
그런 게 없어. 무엇이든 상관없으니 하나를 갖겠다는
순수한 열망. 무엇이든 상관없다니? 루비, 그런 열망을
가져본 적 있니? 생각하지 않고 가지려는 열망, 열망
자체. 관찰하지 않고 달겨드는 열망 말이야. 내겐 없어.
관찰이 끼어들지 않는 시선을 나는 몰라. 새엄마는 거
의 알아채지 못할 정도로 짧은 시간 동안 망설이다 내
게 세상에서 가장 작은 고구마를 건네. 맹세컨대 그건
세상에서 가장 작은 고구마야. 새끼손톱만 할 거야. 그
것 때문에 나는 치명상을 입지만 웃어. 알았다는 듯. 속
셈을 다 알았으니 괜찮다는 듯. 아름답게 웃어 보이는
거야. 물론 그 때문에 나는 키가 안 커. 다른 것만 자라.
다른 것. 우리가 갖고 싶어 하지 않는 것. 루비, 고구마
가 그렇게 슬픈 거야.

루비의 말:

엄마는 우리가 곧 좋은 집으로 이사할 거래. 아주 좋은 집. 그 집엔 침대가 세 개 있고, 방은 세 개보다 더 많을지도 모른대. 나는 그 집에 가서 공주처럼 지내게 될 거래. 책을 많이 읽고, 예뻐지기 위해 몸단장을 하겠지. 엄마가 그러는데 여자들은 몸이 콜라병처럼 되어야 예쁜 거래. 자기 몸이 콜라병과 똑같은 형태니까 내가 자라면 나도 그렇게 될 거래. 그게 좋은 거냐고? 그러니까 아지랑이처럼 구불구불 피어오르는 것, 그런 걸 상상해봐. 모르겠다고? 나중에 내가 콜라병을 보여줄게. 엄마는 새 원피스를 두 개 더 샀어. 선물받은 거야. 곧 나도 새 원피스를 받을 것 같아. 내가 아주 좋은 집으로 이사하면 너를 제일 먼저 데려올게. 내가 큰 집에 살고 좋은 옷을 입고 엄마처럼 예뻐지면 아무도 나를 깔보지 못하겠지. 집에 갈 때 아주 천천히 걸을 거야. 반 애들이 다 따라오도록 천천히. 그애들을 우리 집 앞까지 데려갈 거야. 대문 앞에서 나의 거대한 집을 보여주고, 다시 돌려보낼 거야. 너 말고는 아무도 안으로 들이지 않을게.

나는 루비의 허황된 이야기를 들어주느라 좀 피곤했지만 이야기를 믿는 척했다. 루비를 좀 즐겁게 해주고 싶어 지난 밤 내가 들었던 '소리'에 대해 말해주었다. 루비는 그 소리를 '야한 것'이라고 명명했다. 우리는 '야한 것'에 대한 이야기를 조금 더 주고받고는 헤어졌다. 꿈 이야기는 하지 못했다. 바나나가 떼로 걸어오는 이야기, 그게 어떤 의미인지 설명할 수 없었기 때문이다. 왠지 그건 다른 차원의 이야기라는 생각이 들었다. 루비는 이해하기 어려울 게 분명했다.

어쩌면 우리는 진짜 비밀은 이야기하지 않았을지도 모른다. 말할 수 없는 것, 그것은 정말 말할 수 없는 것이다.

2부

우리들의 실패

1992년 2월 9일 초경을 했다.

찌그러진 풀처럼 사람을 눕게 하는 감각

처음엔 몰랐다. 한 달에 한 번, 그런 일이 일어날 거라고는 들었지만 진짜 일어날 줄은 몰랐다. 팬티가 조금 젖은 느낌이 났다. 모르는 사이에 오줌을 지렸나 싶어 화장실로 갔다. 마려운 기색도 없이 오줌이라니. 바지를 벗어 확인해보니 팬티 중앙에 똥 같은 게 묻어 있었다. 속이 안 좋았나? 나도 모르는 사이에 똥을 쌀 수도 있나? 하긴 설사라면. 서랍에서 속옷을 꺼내 화장실로 들고 가 갈아입었다. 똥 묻은 팬티를 비누로 빨았다. 똥이라고 하기엔 냄새가 나지 않았지만 달리 생각하지 않았다. 난 지금 속이 안 좋은 거야. 축축한 설사가 조금 나왔군. 생각만으로 속이 안 좋아질 수도 있다. 건조대에 팬티를 널어놓고, 방에 들어가 일기를 썼다. 아이들은 일기를 '숙제'로 쓰면서 글쓰기와 멀어진다. 물론 나는 아니다. 바보 같은 이야기라도, 무언가를 쓰는 게 좋았다. 긁적임. 종이 위의 스케이팅. 지그재그로 생각을 부려놓는 것. 그런 건 늘 흥미로웠다.

열세 살이 됐는데 똥을 쌌다고 쓸 수는 없었다. 고민하다 책을 읽고 텔레비전을 보고 잠깐 낮잠을 잤다고 썼다. 실제 낮잠을 자진 않았지만 그거라도 써야 일과랄 게 만들어질 것 같았다. 조금 있으니 팬티가 축축해졌다. 화장실로 가서 확인해봤다. 또 똥이었다. 이렇게까지 속이 안 좋았다니? 요실금처럼 똥이 줄줄 새는 병에 걸린 건가. 한숨을 쉬며 팬티를 갈아입었다. 과장이 아니라, 이 짓을 정확히 세 번이나 반복하고 기저귀라도 차야 하나 생각했을 때 깨달았다. 생리를 하는 거야, 내가.

아무에게도 말하지 않고 사촌, 겨울언니에게 갔다.
"나 생리를 해."
"너 생리를 해?"
나는 '생리'에, 언니는 '너'에 악센트를 주었다. 우리가 낸 소리가 우리를 바라보는 것 같았다. 거울처럼. 소리가 서로의 소리를 비추었다.

"어떻게 해야 하는지 배우러 왔어."

겨울언니는 내가 사온 떡볶이를 봉지째 끌어안고 먹었다. 소중한 거라도 되는 듯 빨갛고 뜨거운 걸 품고 있었다. 야끼만두 네 개를 반으로 잘라 여덟 조각을 내놓고, 그걸 떡볶이 국물에 찍어 먹으며 나를 빤히 보았다. 스무 살이 될 때까지 내겐 식욕이란 게 없었으므로 겨울언니의 식욕을 이해할 수 없었다. 나는 먹을 수 없는 음식이 오만 가지는 되는 아이였다. 떡볶이는 맵고 짜고 자극적이어서 내가 특히 싫어하는 음식이었다. 야끼만두? 나는 기름 냄새를 못 맡았다. 입덧하는 사람처럼 만두, 부침개, 짜장면 앞에서 코를 막았다.

"먹을래?"

나는 고개를 저었다. 겨울언니는 한 달에 이삼 킬로그램씩 꾸준히 쩌서 이십 킬로그램 가까이 살이 찐 상태였다. 저녁마다 꾸준히 에어로빅을 하러 다니지만 살이 빠지는 것 같진 않았다. 몰래 숨어서 먹기 때문이다.

겨울언니는 옷장 문을 열었다. 그 속에서 생리대를 꺼냈다. 언니가 생리대를 팬티에 붙이는 방법, 피 묻은 면이 보이지 않게 다 쓴 생리대를 돌돌 말아 버리는 방법을 알려주었다. 나는 언니 옆에 앉아서 연습했다. 언니가 꺼내온 새 팬티에 생리대를 붙였다가 떼어내는 걸 두 번씩 반복했다.

"양이 적을 때는 짧은 것, 많을 때는 긴 것을 사. 날개 달린 걸 사면 샐 걱정이 없어서 좋고."

"날개?"

"피가 새지 못하게 막아주는 거야. 옆에 달려 있잖아."

무언가를 붙잡기 위한 날개도 있구나. 흐르는 걸 막기 위해 존재하는 날개도 있구나, 날개에 대해 알고 있던 정보를 수정해야겠다고 생각했다.

"언니 그 떡볶이 좀 여기에 올려놔봐."

언니 쪽으로 생리대를 내밀었다.

"미쳤니?"

언니가 뜨악한 표정을 지었다. 나는 장난이라고 말하고 웃었다. 장난이지만, 생리대가 어떻게 물드는지 궁금하기도 했다. 그런데 저렇게까지 정색한다면야.

나는 화장실로 가서 팬티에 생리대를 붙이고 '날개'로

팬티의 안쪽에서 바깥쪽을 감싸 붙였다. 사타구니에 웅크린 날개가 생긴 것처럼 불편했다. 어기적거리는 걸음으로 나오니 겨울언니가 입을 가리고 웃었다. 발갛게 부푼 볼이 풍선 같아 보였다. 언니가 자꾸 뚱뚱해지는 건 마음이 가벼워서다. 마음이 가벼우니 저렇게 먹어대는 거지, 마음이 비쩍 마른 거다. 어쩌면 그냥 욕구 불만으로 먹어대는 걸지도 모른다. 고모는 하면 안 되는 일을 삼 초마다 읊어대는 사람이니까.

나는 생리대를 차고 어기적거리는 걸음으로 나왔다. 도무지 사타구니에 찬 생리대를 잊을 수가 없었다. 잊은 채 생활을 한다는 게 어려울 듯했다.

"그렇게 왔다 갔다 한다고 달라지는 건 없어."

겨울언니는 소파에 드러누워 내가 수선을 떨며 걷는 걸 구경했다.

"이 느낌이 사라지기는 해?"

"금방. 나중엔 생리한다는 걸 까먹을 거야. 배는 좀 아프겠지만."

그날 저녁 팬티를 한 번 더 빨아야 했다. 세면대에서

피 묻은 속옷을 빨고 있으니 실패한 살인자가 된 기분이었다. 일부러 생리와 살인을 연상해본 건 아니었다. 찬물로 피를 빼내는 동안 세면대 위로 피가 튀고, 피 특유의 쇠 냄새가 나고, 두 손이 서로에게 달려들어 싸우고 있다는 생각이 들고, 기어이 피를 없애는 데 성공하는, 이 일련의 과정으로 한 생각이었다. 소량의 죄의식, 수치심, 흥분, 두려움, 살기, 지겨움. 피 묻은 속옷을 빨 때마다 이 복잡한 감정들이 '동일하게' 도착했다. 초경 이후로 내내, 빠짐없이 그랬다. 세면대 앞에서 실패를 지우는 실패의 기록.

자려고 누웠을 때 눈물이 나왔다. 나는 기분이나 감정 때문에 운 게 아니었다. 그런 감상적인 이유가 아니었다. 내가 운 건 육체에 주어진 낯선 경험, 긴장, 몸의 고단함 때문이었다. 더럽게 힘들다. 더럽게 힘드네. 어둠 속에서 중얼거렸다. 화장실을 들락거리며 몸에서 피가 얼마나 새어나왔는지 확인했다. 곧 그렇게 자주 확인하러 갈 필요가 없다는 걸 알게 되었지만 처음엔 몰랐으니까. 이 짓을 수십 년 동안 해야 하다니! 아프지도 않은데 매달 몸에서 피를 흘리는 일을 겪어야 하다니.

누운 채로 겨울언니를 생각했다. 겨울언니가 앞에 있었으면. 내 앞에서 떡볶이를 먹었으면. 내 앞에서 살이 쪘으면. 내 앞에서 나를 보고 웃어줬으면. 언니가 보고 싶었다.

어린 여자애들은 늘 어린 여자애들에게서 배운다. 날개, 피, 삶의 하찮음에 저항하는 법. 누군가를 사랑하거나 미워하는 법. 어린 여자애들은 늘 어린 여자애들을 의지한다. 어른들이 들고 있으라고 주고 간 죄의식과 수치심, 그것을 서로 들어준다. 잠깐 동안. 들어준다는 건 잠시 놓여나게 해주는 일이다. 잠깐의 시간을 주는 거다. 놓여날 시간.

그날 밤 나는 '앞'을 생각하다 잠들었다.

몸의 기억은 마음의 기억보다 오래 살아남는다. 처음 성교한 날 다리와 다리 사이에 폐허처럼 '펑 하니—이렇게 표현할 수밖에 없는데—' 뚫린 구멍 같은, 몸의 감각을 떠올려보면 그렇다. 중심을 뚫고 감, 무지막지한 것이 지나가면서 영혼을 훼손함, 흔적으로서의 몸이 수선되느라 요란함. 내 안의 사이보그 같은 정신이 여기저기를 고치느라 야단이던 일을 떠올려보면 그렇다. 그건 지나간 뒤의 감각이다. 머물러 있는 감각은 그렇지 않다. 흘러간 뒤의 감각이다. 찌그러진 풀처럼 사람을 눕게 하는 감각. 제대로 걷지도 못하게 하는 감각. 그럴 땐 잠자코 누워 '언니' 같은 걸 떠올려야 한다. 그래야 잠들 수 있다. 물론 처음의 감각만이 그렇다. '처음이라는 실패'를 몸이 겪었을 경우에만.

모든 '처음'이 사라질 때 즈음, 그때부터 인간은 '뒤'를 생각하다 잠든다.

작은 배우

　옥상 위를 걸었다. 이쪽에서 저쪽까지 여덟 걸음이면 완성되는 산책. 누군가 함께한 적도 있었지만 혼자일 때가 많았다. 작은 발이 작은 발의 임무를 다하는 시간 동안 별을 보았다.

　옥상에서 보면 골목이 흐르는 것처럼 보였다. 고작 이층 높이였는데도 훤히 보였다. 비스듬히 쌓아놓은 연탄 더미들, 쓰레기를 담아 내놓은 봉지, 깨진 화분, 취한 남자의 휑한 머리통까지 다 보였다. 옥상에서 초연함을 배웠다. 가까이에서 멀어지는 연습을 했다. 널어놓은 빨래에 기대는 연습. 눈이 네 개가 되는 연습. 잠자리처럼 보는 연습. 슬픔을 층층으로 재조립하는 연습. 그런 걸 했다.

　나는 언제나 연기를 했다. 혼자일 때에도, 아니 혼자

일 때야말로 극적으로 연기했다. 이것은 쓸쓸함을 몸으로 겪는 어른의 포즈다. 빨랫줄에 널린 양말 앞에서 고개를 숙였다. 한숨을 쉬었다. "거참, 쓸쓸하단 말이야." 할아버지처럼 말하고 나면 담배가 필요했다. 검지와 중지를 펼쳐 담배 피우는 흉내를 내고 나면 잔소리가 필요했다. "여보, 그것 좀 꺼요. 뭐 좋다고 그걸 자꾸 피워요 그래?" 이건 할머니의 말. "아버지를 그냥 두세요. 아무리 찾아도 담배만 한 친구가 없지." 이건 아빠의 말.

나는 보이지 않는 담배를 입에 물고 연기를 깊게 들이마시고는 띄엄띄엄 뜬 별들을 향해 내뿜었다. 연기로 존재하는 할아버지, 할머니, 아빠와 한동안 서 있었다.

바지의 무르팍이 튀어나와 있었다. 아, 내가 이다지도 보잘것없다니. 쓸쓸하다니. 작은 인간이라니. 나는 인간의 일, 인간의 고뇌, 인간의 슬픔, 인간의 비극에 매료된 '작은' 배우였다. 아빠가 그러는 것처럼 줄담배를 연이어 피운 뒤 허공에 담배 불씨를 털어내는 시늉까지 마쳤다. 누군가 보았다면 그때 내 희푸른 뺨을 보며 외쳤으리라. NG! NG! 솜털이 보송한 개복숭아는 퇴장하시라.

그건 잡으라고 난 털이 아니다

　무언가를 자랑하면 안 된다. 자랑하면 반드시 그 자랑
거리가 없어지고 만다. 예외 없이 그렇다.
　얼마 전까지 나는 이 집(구석)에 하나뿐인 외동딸로
서, 아무래도 소중한 아이로 취급받는 게 당연하지 않겠
느냐고 남자애들 앞에서 깝죽거렸다. 연기였다. 그래야
내가 사랑받는 아이라는 걸 증명해 보일 수 있을 것 같
았다. 사랑받음을 증명해 보여야 하는 일은 사랑받는 아
이는 할 필요가 없는 일이란 걸 몰랐다. 몰랐으므로 나
는 공들여 사랑받는 역할을 연기했다. 몸짓, 뉘앙스, 어
조를 만들어내는 건 루비에게서 배웠다.

　얼마 뒤 동생이 태어났다. 집안에 존재하는 하나뿐인
남자아이로서 그애는 '태연하게' 사랑스러웠다. 내가 갖

고 싶은 모든 걸 그애는 가진 것 같았다. 가지고 싶은 게 있는가? 쉬운 방법이 있다. '갖고' 태어나라.

그애는 예뻤다. 너무 예뻐서 동네 사람들이 모두 와서 그애의 외모를 구경해야 할 정도였다. 인형같이 생겼구나. 어쩜 이렇게 생길 수가 있지? 다들 한마디씩 했다.

나는 당황했다. 루비와 둘이 앉아 숱하게 계획한 일을 하나도 진척시킬 수 없었다.

"잘 때 해봐. 애들은 늘 자잖아. 먹거나 싸거나 아니면 잔다고."

"울기도 하지."

루비는 미간을 찡그렸다.

"지금 우리가 하려는 일이 걔를 울리는 일이거든?"

"알아."

"너네 새엄마가 부엌에 들어가 뭘 할 때, 걔의 구레나룻을 잡아당겨. 거기가 제일 아프거든. 진짜야. 짜증나게 아프고 티는 안 나고."

"아기가 구레나룻이 있나?"

"없나?"

"있나?"

우리는 잠시 고민했다.

"뭐 있다 치고. 그 근처를 잡아당겨."

"새엄마가 달려와서 애가 왜 우냐고 하면?"

"원래 아기는 우는 게 일이잖아, 그게 이상해 보일까
봐?"

"특별히 더 울지도 모르잖아."

"야. 그래서 할 거야, 말 거야?"

루비는 내가 맘이 약해서 큰일을 할 수 없겠다고 했
다. 그동안 새엄마에게 받은 마음의 짐―그렇다, 마음의
짐이라고 생각했다―을 털어내고 복수할 기회를 날려
버릴 거냐며 혀를 찼다.

"복수야, 복수! 복수만 생각해."

'복수'라는 말을 들으니 복수초가 생각났다. 복수초는
노란색이다.

그애는 작고 붉었다. 이름은―안타깝게도―'학자'로
정해졌다. 그다지 학구적으로 보이지 않았지만, 어른들
이 그렇게 지어놓았다. 아무도 보지 않을 때 학자의 몰

캉한 얼굴과 얇게 겹치는 목주름, 애벌레 같은 열 손가락을 만져보았다. 구레나룻이 있다고 추정되는 곳에 가느다란 솜털이 나 있었다. 이걸 구레나룻이라 할 수 있을까 고민이 됐다. 잡아당기는 일은 영 내키지 않았다. 잡을 수도 놓을 수도 없는 털이 있다면 신생아 몸에 난 털이리라. 그건 잡으라고 난 털이 아니다. 태어난 털, 시작하는 털, 인간이 잠시 동안만 가질 수 있는 '깃털'에 가까웠다.

그애의 머리에 난 (깃)털을 바라보았다. 목화솜처럼 무게 없이 보송했다. 학자는 내가 검지를 내밀면 다섯 손가락으로 꽉 잡았다. 대체로 잠에 몰두했다. 눈꺼풀은 열린 적 없는 장막처럼 꼼꼼히 감겨 있고 표피가 오소소 일어난 입술은 아래로 살짝 처져 있었다. 한 걸음 떨어져서 보면 꼭 늙은이처럼 보였다. 주먹만 한 크기의 부처 얼굴과 닮았다. 부처 얼굴을 할 수 있는 사람은 갓난이나 상늙은이, 둘뿐인 것 같았다.

"이건 너무……."
학자의 실물을 보고는 루비는 당황했다.

"작지?"

"작아. 또…….”

"귀엽지?"

"그건 사실이야.”

루비는 숙고 끝에 내린 결론이라는 듯, 무겁게 입을 뗐다.

"귀엽네. 확실히.”

우리는 계획을 수행할 수 없으리란 걸 알았다. 이 계획에 대해 다시는 말하지 않는 것으로, 계획을 철회했다.

눈앞에 펼쳐진 '누군가의 시작'을 본 게 처음이었다. 사람이 태어나 사는 일을 시작할 때 처음 지니게 되는 것. 그런 걸 보았으므로 나는 학자에게 반했다. 작은 눈, 코, 입. 연해서 주름진 살결들. 관절이 구분되지 않는 팔다리. 둔덕 모양의 도톰한 배. 작은 종처럼 달랑이는 고추. 이 모든 게 어떻게 시작하는지 보았으므로 학자를 사랑하게 되었다. 우리 사이에 존재하는 시차가 관찰을 충분히 허락했다. 학자가 얼마나 아름다운지 나만큼 알아본 이가 있었을까. 내가 새엄마보다 더 정확히 알아보왔다고 믿었다.

"만지지 마. 네가 뭘 알아서 그래."

"내가 뭘 모른다는 거야?"

새엄마는 자기가 낳아놓은 생명 앞에서 어쩔 줄을 몰라 했다. 학자가 울면 자기가 더 불안해했다. 그러면서도 나를 무시했다.

"불안해서 우는 것 같아. 여길 만져줘야지."

나는 손바닥으로 쉽게 가려지는 학자의 가슴과 배를 살살 쓸어주었다. 학자는 조금 칭얼거리다 울음을 멈췄다.

"이것 봐. 울음을 그쳤어."

새엄마는 내 도움을 받으며 학자를 키웠다. 우리는 육아에 경쟁적이었다. 나는 새엄마가 미덥지 않았기에 쫓아다니며 참견을 했다. 학자가 태어나고 나서 새엄마와 덜 싸웠다. 우리의 관심이 학자로 옮겨갔기 때문이다. 이제 사람들은 새엄마를 '학자 엄마'라고 불렀다. 그가 이번엔 '진짜' 엄마가 되었다는 걸 사람들도, 나도, 새엄마 자신도 알았다. 보통 첫째 아이의 이름을 따 '누구 엄마'

라고 불리지만, 학자가 태어나기 전까지 새엄마는 '새댁'이라고 불렸다. 누구도 '여름 엄마'라 부르지 않았다. 새엄마와 내가 혈연관계가 아니라서? 그런 문제가 아니다. 관계의 첫 단추가 잘못 꿰어져서? 글쎄. 애초에 새엄마에겐 단춧구멍이 없고, 내겐 단추가 없었을지도 모른다. 우리는 '꿰어짐' 자체를 어색해했다. 그보다 인간은 본능적으로 진실을 추구하려 들기 때문이 아닐까.

겁이 많은 사람이 대부분 나쁜 건 아니지만 나쁜 사람들은 대부분 겁이 많다. 그들의 나쁨을 파헤쳐보면, 그러니까 그 끝의 끝까지 추적해보면 결국 겁이 나타난다. 돈 때문에 나빠진 사람은 가난을 겁내고, 사랑 때문에 나빠진 사람은 이별을 겁내고, 권력을 손에 쥐고 나빠진 사람은 자신이 아무것도 아닌 존재가 되는 걸 겁낸다. 그리고 누군가를 미워하다 나빠진 사람은 누군가에게 자신도 미움을 당할까봐 겁낸다.

루비는 어떤 일에도 겁을 내지 않았다. 루비가 나쁘지 않다는 증거를 나는 그런 데서 찾았다. 우리에겐 남은 계획이 한 가지 더 있었다. 비디오테이프 대여점에서 파

트타임으로 일하는 미옥을 고모가 운영하는 피아노 교습소에 취직시키기. 루비는 엄마가 선생님이었으면 좋겠다고 여러 번 말했다. 선생님이라면 사람들이 함부로 하지 못한다는 게 이유였다. 게다가 루비는 미옥이 피아노를 꽤 잘 친다고 했다.

루비와 내가 미옥이 일하는 가게에서 놀고 있을 때, 아저씨들이 미옥에게 다가가 귓속말하는 걸 본 적이 있었다. "새로 들어온 거 있어? 좀 쩐한 걸로." 젤리가 귀에 붙은 것 같아서 우리는 귀를 후비고 목을 긁었다. 미옥의 엉덩이를 툭 치며 '고것 참 실팍하다'며 껄껄 웃는 할아버지도 있었다. 그럴 때마다 미옥은 옆으로 비껴 서며 눈을 흘겼지만 그뿐이었다. 그런 사람에게 일일이 화를 내고 죄를 묻다가는 날이 저물 거라고 했다.

"루비, 이건 정말 재밌는 일이 되겠다."

"응. 우리 엄마를 꼭 선생님으로 만들어버리자!"

큰 배우

  그 시절 이름 없이 흘러가던 여자들에겐 '옅은 분노'
가 있었다. 분노는 생활을 움직이게 하는 연료와 같아서
그들은 분노를 노 삼아 앞으로 나아갔다. 소소한 억울함.
미간에 모이는 불편한 기억들. 그런 게 없었다면 그들은
고인 채 썩어갔을지도 모른다. 분노는 그들에게 힘이자
밥, 때로 날개처럼 보였다.
  할머니가 자기 안의 분노를 의자에 앉아 '기화'시키는
타입이었다면 고모는 분노를 '응고'시키는 타입이었다.
단단하게 뭉치게 한 다음 보이지 않는 곳에 우르르 쏟아
버리거나 누군가 보라고 세워놓거나 포탄처럼 던지기도
했다.

  사람들은 고모를 동네에서 가장 팔자 좋은 여자라고

생각했다. 멀리서 봤을 때 얘기다. 이층 양옥집에 살면서 지하에 세를 놓은 집주인. 공기업에 다니는 남편을 가진 아내. 공부 잘하는 외동딸을 키우는 엄마. 피아노 교습소를 운영하는 원장. 서울 북쪽 변두리에서 고모가 쥔 타이틀은 나쁘지 않았다. 상식적이고 안온하며 보기에 따라 유복해 보였다. 고모는 그 점에 안도했다. 어디까지나 보기에 그렇다는 거지만, 고모는 바로 그 '보이기'에 목숨을 거는 타입이었다. 가까이에서 쭉 지켜봐온 내 관점에서는 어떠했느냐고? 고모는 패배가 예정된 전쟁을 치르는 수장처럼 어딘가 꺾인 기운을 품고 있었다. 반달처럼 한쪽 면이 어두웠다. 앞쪽은 대외용이고 뒤쪽은 대내용이었다. 물론 뒤가 진짜였다. 집에 있을 때 보이는 얼굴. 응달에서 키우는 표정 같은 것. 고모는 활달한 사람이지만 그를 움직이는 감정의 연료는 단단한 슬픔이었다. 위협을 많이 받는 사람은 고모부였고, 상흔을 입는 이도 대체로 고모부였다. 나머지 식구들은 고모가 분노를 응고시키는 과정—지난한 과정—을 지켜보며 눈치를 봤다.

"여름, 겨울. 조용히!"

고모는 누워서도 분노를 단단히 뭉칠 줄 알았다. 눈을
감은 채 방문을 주먹으로 탕탕, 두 번 두드리면 나와 겨
울언니는 입을 다물고 까치발을 들었다. 꽤 단단해졌으
므로. 얼마든지 작은 포탄이 우리에게 날아올 수 있으므
로. 아이들에겐 지혜가 있다. 아이들은 지혜를 갖고 태어
난다. 지혜를 잃어버리는 건 늘 어른들 쪽이다. 고모부는
우리보다 지혜가 없었고, 그게 늘 문제가 되었다. 고모부
는 세상 돌아가는 이치나 집안 분위기, 특히 고모의 기
분을 알아채지 못했다.

그날도 마찬가지였다. 고모의 뱃속에 자글자글 돌멩
이 같은 게 끓고 있는 게 내 눈엔 보였다.

"식탁 위에 냅킨, 누가 건드렸어? 비뚤어졌잖아."

고모는 흰 바탕에 주홍색 튤립 세 송이가 그려진 냅킨
을 간격에 맞춰 다시 깔았다. 손잡이에 새가 달린 포크
를 냅킨 위에 올려두었다. 빨아놓은 걸레를 두 번 접어
거실 중앙에 던져놓았다. 마른 행주로 싱크대 위를 닦아
냈다. 찬장을 열어 유리잔 정렬을 다시 맞췄다.

그다음 거실 한가운데 던져둔 걸레 위에 오른발을 올렸다. 왼발을 앞으로 짚고 오른발로 걸레를 밀고 나가며, 마루 구석구석을 닦았다. 발로 걸레질을 할 때마다 바지 밑자락이 나풀댔다. 화장실 문을 열고 걸레를 대야에 던진 뒤 물에 락스 몇 방울을 떨어뜨렸다. 겨울언니와 나는 소파에 앉아 책을 읽는 척하며 집 안을 닦고 정돈하는 고모를 곁눈으로 보고 있었다.

"이제 나가라고. 몇 번을 말해. 시간 다 됐다니까?"

고모가 안방 문을 열고 말했다.

"문 닫아."

카세트테이프로 주현미의 〈짝사랑〉을 듣고 있던 고모부가 싫은 척을 했다.

"결정해. 여기 있을 거면 나가서 이발하고 들어오고. 옷도 다른 걸로 갈아입으라고. 아니다, 그냥 잠깐 나가 있어. 허구한 날 집에 안 들어오고 쏘다니다 왜 하필 오늘 같은 날 집구석에 있냐고. 동네 여자들 보기에 창피하지도 않아? 원장님 남편 몰골이 이 지경이라고."

"원장 좋아하시네. 문이나 닫아."

"곧 올 거래도. 겨울아빠, 빨리 좀!"

고모의 부끄러움은 늘 '현재'에 있었다. 정돈되지 않은 집, 남편의 후줄근한 모습, 기대에 못 미치는 자신의 외양, 재정 상황, 딸이 지닌 소소한 문제점—살이 쪘다든지, 성적이 떨어졌다든지—,현재에 깃든 모든 것을 부끄러워했다. 고모에게 현재란 준비가 덜 된 무대 뒤편이었다. 고모는 한시도 희망을 놓지 않았다. 갖추어야 마땅할 미래가 곧 도래할 테고, 그것이야말로 현재가 될 테니까. 고모의 마음은 언제나 미래에 가 있었다. 현재는 오히려 과거였다. 지나가버려야 하는데, 아직도 그대로인 과거! 그중에서도 고모부는 365일 부끄러움을 상기시키는, 인정할 수 없는 현재였다. 새엄마는 "그 많은 월급을 따박따박 가져오는, 반공무원과 다름없는" 고모부가 어디가 모자라느냐고 했지만 모르는 소리다. 고모부는 월급을 한 푼도 고모에게 주지 않았다. 겨울언니에게 돈이 들어가야 할 때 필요한 액수만큼만, 겨울언니에게 직접 줬다. 고모는 남편에게 생활비를 받는 대신 딸에게 이렇게 말했다. 겨울아, 내일 아빠 들어오면 영어랑 수학 학원비 필요하다고 말해. 겨울아, 내일 아빠 들어오면 선생님 식사 대접해야 한다고 말해. 겨울아, 내일 아빠 들어오면……. 고모가 자신을 위해 돈이 필요하다고 말하는 법은 없었다.

"너네 잘 봐. 치사한 게 돈이야. 부부 사이엔 더하지. 부부 사이일수록 더 더러운 게 돈이라고. 절대로 남자 덕을 보려 하지 마. 돈 타내려다 숨넘어가는 때가 오거든. 절대로 남편 돈을 바라는 여자가 되어선 안 돼. 절대로."

고모는 나와 겨울언니를 앉혀놓고 묻고 또 물었다.

"너네 커서 결혼할 거야?"

"아니요."

"별로요."

고모는 우리가 결혼에 대해 시큰둥한 반응을 보일수록 안심했다.

어투는 달랐지만 할머니도 비슷한 말을 했다. 여자라고 무조건 결혼을 해야 한다는 법은 없다. 요새 세상엔 능력 있으면 여자 혼자 살아도 흉 될 게 없단다.

나는 겨울언니와 둘이 있을 때 물었다.

"언니, 정말 결혼 안 할 거야?"

"응. 너는?"

"커봐야 알지. 결혼을 하고 싶을지 안 하고 싶을지 지금 어떻게 알아?"

"난 안 해."

"난 할 수도 있어. 안 할 수도 있지만."

겨울언니는 교육 효과가 제대로 나타나는 타입이었다. 내가 알기로 언니는 평생 단 한 번도 남자 근처에 가지 않았다. 여자 근처에도 가지 않았다. 시시한 연애조차 없었다. 이게 다 조기교육 덕분이다. 아이들에게 무얼 가르치려거든 조심해야 한다. 교육효과가―쓸데없이―좋은 아이들이 있으니까. 언니가 혼자 늙어가는 걸 보면서, 고모는 나를 붙잡고 하소연했다.

"쟤가 저렇게 결혼도 안 하고 좋은 시절 다 보내니, 어쩌면 좋니."

나는 눈을 동그랗게 뜨고 고모를 쳐다보았다. 어른들은 자기가 한 짓을 기억하지 못하는 걸까, 기억나지 않는 척하는 걸까.

겨울언니는 고모의 재정 상황에 따라 갑자기 특별과

외를 해야 한다고, ─황당할 정도로 비싼─수학여행비를 내야 한다고, 옷을 사야 한다고, 에어로빅 센터에 다녀야 한다고 아버지에게 말해야 했다. 고모부는 한 달에 반 이상은 들어오지 않았지만 돈을 줘야 하는 날짜엔 기가 막히게 집으로 들어와서 돈을 줬다.

"아버지가 무슨 일이 있어도 너 하나만은, 너만은 제대로 키우겠다 이 말이야. 그러니까 너는……."

고대 법대에 들어가서 입신양명에 힘써야 한다. 고모부의 레퍼토리는 단 한 번도 바뀌지 않았다. 끈질겼다. 내 귀에 딱지가 앉을 지경이었다. 어릴 때 나는 '고대 법대'라는 이름의 대학교가 있는 줄 알았다. 고대 법대. 고대 법대. 그건 고모부의 꿈이자 겨울언니가 이루어야 할 지상 과제였다.

겨울언니는 늘 재정적으로 허덕이는 고모를 위해 과외를 하지 않고, 학원을 다니지 않았다. 고대 법대를 들어가야 할 사명이 있는데도 그랬다. 겨울언니는 그저 좀 많이 먹었다. 고모는 전화를 붙들고 늘 이런 얘길 했다.

"그 돈만 해결되면 숨통이 트일 텐데."

"몰라요. 쓰다 보면 그렇게 돼요."

"돈을 해줄 것도 아니면서 왜 지랄이야?"

고모부에게 언니의 교육비를 조금씩 타내고, 학원을 운영하고 있었는데도 고모의 재정 상태는 나아지지 않았다. 고모부가 다른 집 남편들처럼 매달 생활비를 주었다면 어땠을까? 생각해보니 고모에겐 '매달 들어오는 일정한 수입'이 없었다. 살림을 꾸리는 자에게 매달 들어오는 월급봉투—그것은 속박이자 자유를 뜻하기도 했다. 아무튼 고모는 누구에게든 부끄럽지 않게 '보여야' 했기에, 좋은 옷을 입고 좋은 걸 먹고 좋은 냅킨을 깔아야 했으므로 힘들어했다. 두부나 콩나물을 가게에 외상으로 달아놓으면서도, 장미 없이 빈 화병을 둘 수는 없는 여자였다. 체면, 그것은 고모의 지상 과제였다.

"나가라고오!"

고모가 발을 굴렀고, 폭탄이 집 전체를 뒤덮기 일보직전이었고, 고모부는 나무늘보처럼 일어나서 머리를 긁었다. 여기저기에 비듬이 떨어졌을 게 분명했다. 고모부는 점퍼를 손에 들고 회색 추리닝 바람으로 휙 나갔다. 막상 나갈 땐 잰 움직임이었다. 고모는 이를 바득바

득 갈며 말했다. 저 지독한 인간은 사람 진이란 진은 다 빼놓고 숨이 넘어갈 때 즈음에야 겨우 말을 들어 처먹는 다. 아주 사람 피를 말리지, 징그러운 인간. 고모는 단단 하게 뭉쳐진 분노를 공중에 흩뿌리며 악에 받쳐 중얼거 렸다. 그러는 중에 집 안 정돈이 끝났다. 그럴듯한 중산 층 가정에 깃든 '속 편해 보이는 여자'를 연기할 준비까 지 마쳤을 때 즈음, 고모는 분홍색 립스틱을 발랐다. 머 리를 하나로 높이 묶고 미색 블라우스에 갈색 플레어 치 마를 꺼내 입었다. 나와 겨울언니는 그때까지도 내내 책 을 읽고 있어야 했다. 책은 이 집에서 가면이었다. 들고 있으면 본질을 숨기고 잔소리를 듣지 않을 수 있었다. 고모는 책 읽는 사람은 건드리지 않았다. 책을 들고 있 으면 '통과'가 이루어지는 집이었다.

부스러기들

문이 열리고 여자들이 들어왔다.

먼저 온 손님은 영숙, 윤미 엄마, 거사 셋이었다. 고모
가 그들을 그렇게 불렀다. 영숙, 윤미 엄마, 거사님.

영숙은 고모의 오랜 친구였다. 친한 만큼 고모와 자주
싸웠다. 고모는 나와*겨울언니보다 친구들과 더 자주 절
교했다. 화해하고 다시 절교하길 반복하고, 전화를 붙잡
고 소리를 지르며 다신 보지 말자고 했다가 다음날 만나
선 즐거워하는 게 고모의 사교 패턴이었다. 윤미 엄마는
겨울언니가 다니는 에어로빅 센터의 관장이었다. 나중
에 고모도 등록해 다녔고 윤미도 고모의 피아노 학원에
다녔다. 윤미 엄마는 스포츠머리에 호피무늬 부츠를 신
고 근육질 팔다리를 가지고 있어 어디에서나 튀었다. 거
사님은 남편과 전파사를 운영했다. 고모보다 열 살 많았

고 음식을 해서 자주 고모에게 가져다주었다. 아들 승현과 준현이 둘 다 고모에게 피아노 레슨을 받았고 승현은 나와 동창이었다.

"밖에 비 떨어지는데?"

윤미 엄마가 짧은 머리카락을 손으로 털며 말했다.

"비가 온다는 말은 없었는데? 어서 앉아요, 다들."

고모는 설탕을 탄 맥심커피와 양과자, 사과, 파인애플 통조림을 화채 그릇에 담아 내놓았다.

"이 집은 어떻게 먼지 한 톨이 없어?"

"거사님, 점심은 뭐 해 드셨어?"

"겨울이 여름이 집에 있었구나?"

"겨울 아버지는 일요일인데 나가셨어요?"

어수선한 분위기 속에 자리를 잡고 앉는 사이 안부가 오갔다. 겨울언니와 나는 작은방으로 들어가 노닥거리는 척하며 여자들의 이야기를 들었다. 일부러 엿들으려하지 않아도 소리가 잘 들렸다. 나는 여자들의 이야기를 주워먹고 자랐다. 아이들끼리 모여 부루마블 게임을 할 때도 저쪽, 어른 여자들 사이에서 태어나는 이야기에 마음이 끌렸다. 중요한 일은 그 테이블 위에서 일어나는 것 같았다. 나는 게임의 둘레를 거닐며, 결코 그 안으로 빠져드는 법이 없었다. 아이들에게 가짜 돈을 나눠주고, 주사위를 던지고, 마닐라에 호텔과 별장을 지으면서도 귀는 저쪽에 가 있었다.

"순간은 광활하다. 이렇게 말하는 거야. 그 자식이."

"사기꾼 아닌가?"

"사기꾼은 아니지만……. 믿을 놈은 아닌 거지."

"원래 종교가 사기야."

"뭘 또 그렇게까지 말하냐."

"그래서 문방구는 문을 언제 열어?"

"엊그제부터 열었다니까. 여태 무슨 소릴 들었어."

이건 문방구집 이야기다. 문방구집 둘째 정식이 바보가 됐다는 소문이 돌았고, 어른들은 우리가 그 이야기를 물어보려고 하면 인상을 쓰며 손가락을 입에 갖다댔다. 조용히 해. 그런 말 하면 못 써. 누가 그러니. 쉬쉬하는 이야기일수록 사실일 경우가 많았다. 그 집 첫째 아들 경식은 고모의 피아노 교습소를 다녔다. 고모가 말했다.

"무슨 일이 있었는지 물어볼 수도 없고. 하루아 에 아들이 그 지경이 됐으니 오죽 답답할까."

"학교에서 애들이 괴롭혔다는 거 같지요? 우 준현이가 그러던데."

거사님이 말했다.

"아니라던데? 뭐 충격적인 걸 보고 나서 려 그렇게 됐다던데?"

나는 하마터면 달려나가 물어볼 뻔했다 그래, 어떻게 됐다는데요? 도대체 정식이가 어떻게 보가 되었느냐고요? 물어보고 싶었다. 소문만 무서 뿐 문방구 문은 굳게 닫혀 있고 누구도 얘기해주 않았다. 다들 제대로 된 정보가 없었기 때문일지도 르겠다.

그들은 목소리를 낮춰 참을 더 쑥덕였다. 반편이, 뀌다 놓은 보릿자루, 도끼눈, 피눈물, 생활고, 장사 밑천, 빚더미…… 들이 두더지처럼 허공에 솟아났다 사라지고, 소리가 들렸다.

이야기는 현재에 속한다. 과거나 미래의 이야기일지라 이야기는 살을 파고든다. 계절처럼. 봄이나 가을, 여 이나 겨울처럼 어떤 식으로든 살에 닿는다. 그날의 이야기 중에 이런 이야기가 내 마음에 닿았다.

거사의 말:

못 있잖아요. 손에 못이 박혀가지고. 맨날 쇠통 뒤져서 이리저리 못을 옮기고, 나사 줍고, 고장 난 물건들 속에 잠겨 사니까. 못이 손에 옮겨붙었나 딱딱하니, 내 손 보는 게 지긋지긋한 거예요. 그런데 어느 날 가게 밖에 나와 부채질하고 앉아 있는데 한 할머니가 리어카를 끌고 지나가잖아요. 꼬부라진 허리로 왼쪽 한 번, 오른쪽 한 번, 뭐 주울 거 없나 두리번거리더라고. 시계추처럼 정확해. 왼쪽 한 번 오른쪽 한 번. 그런데 기가 막힌 게 할머니의 눈높이야. 무릎 위로는 쳐다를 안 봐. 부지런히 왼쪽 오른쪽 땅만 훑고 가는 거야. 그러니까 그 할머니 세상이 무릎 위로는 없는 거지. 그런 세상도 있는 거야.

고모의 말:

내가 우리 엄마 얘기 했지. 왜 양반처럼 앉아서 조곤조곤한 목소리로 나를 부려먹었다고. 내가 고등학생 때인데 학교 갔다 오면 엄마가 김장거리를 쭉 늘어놨어.

허리가 아파 당신은 못하니 좀 거들라고. 말이 거드는 거지. 엄마는 고생스러운 건 안 하고, 내가 다 했지. 아주 고약했어. 목소리는 좀 나긋나긋해. 오빠들도 동생도 안 하는 걸 나만 했다고. 엄마가 너무 고귀해놔서. 고생을 모르는 양반이잖아. 그러니 내가 했지. 어느 날은 아버지가 사과를 봉지에 담아들고 왔어. 우리가 청량리 살 때야, 아버지는 학교 선생 그만두고 신문사 일 봐주던 때인데. 그때 사과가 지금보단 귀했지. 오빠 하나, 둘째오빠 하나, 나 하나, 상아 하나(내 남동생 알지? 여름 아비), 나눠줬지. 세 남자는 앉은 자리에서 사과를 다 먹었어. 나는 아껴 먹는다고 다락방에 깊숙이 숨겨두었어. 그런데 이놈들이 내 사과를 찾는 거야. 어디 숨겨놓았냐 좀 나눠달라 같이 먹자. 난 자신만만해서 찾을 수 없을 거다, 찾으면 먹어도 좋다 까불었지. 그런데 둘째오빠가 숨겨둔 사과를 찾았네? 저희들끼리 좋다고 사과를 들고 먹는다? 먹는다? 약 올려. 내 성격 알지? 알겠다고 사과 이리 줘보라고, 잘라 먹자고 했지. 그러고는 사과를 받아 냅다 방바닥에 던졌어. 아주 박살이 났어. 나도 참, 그게 뭐라고 그렇게까지 했을까.

영숙의 말:

우리 옆집 어제 이사왔는데. 자그마한 처녀애가 혼자 이사왔더라고. 들락거리면서 도울 거 없냐고 좀 봤는데 살림도 별로 없어. 그런데 그애가 손에 쪽지 한 장을 꼭 쥐고 있어. 뭘 썼나 봤더니 이렇게 쓰여 있잖아. '냄비, 세제, 슬리퍼.' 소꿉같이. 귀엽지 않아? 결혼해서 십 년만 지나봐. 그게 징글징글한 말이 되고 말잖아.

윤미 엄마의 말:

어제 수족관집 간판 내리는데 뭘 그렇게 멀뚱히 서 있었느냐고 물었지? 내 속이 속이 아니야. 나 혼자 산다고, 혼자 애 키운다고 쑥덕대는 연놈들 있는 거 알아요. 지들이 뭐 엎어준 거 있나? 속상할 때마다 내가 거기 수족관집 가서 물고기를 샀거든. 한 마리 두 마리 사 모아서, 우리 에어로빅 어항에다 넣어놨잖아. 봤지? 봤어요? 사실 거기 수족관집에 내가 물고기만 사러 간 게 아니거든. 거기 사장님이 나 가면 그렇게 신세 한탄을 했어. 이런저런 신세, 자기가 남편하고 뭐가 안 좋다, 따로 살아야 할 것 같다, 어머니가 어디가 아프다……. 처음엔 그 이야기를 듣는 게 괜히 위안이 되더라고. 나보다 힘든 사람도 있구나, 나도 감사하고 정신 차려야지, 뭐 이런 마음이었나. 그런데 어느 날부터 그 여자가 좀 불편해지더라고. 자꾸 '우리'라고, 자기랑 나를 엮어요. 우리 같은 사람들, 우리는, 우리 어쩌구저쩌구. 묘하게 기분이 나빠서 거길 안 갔어요. 어쩌다 마주쳐도 고개만 까딱하고 쌩하니 지나갔지. 그런데 심장마비라니. 자살도 아니고 사고도 아니고, 누워서 가만히 죽었다잖아요. 기분이…… 내가 어떻게 말할 수가 없더라고. 미안하냐고? 아니. 그런 게 아니야. 그런 게 아니라. 그냥 이상해. 그 여자가 나 대신 죽은 것 같아. 간판을 내리는데 저게 내 간판일 수도 있었겠다, 생각이 들더라고.

이야기는 끝없이 오갔다. 고모가 식탁에 떨어진 양과자 부스러기를 행주로 닦아내자 영숙이 말했다.

"부스러기 좀 놔둬."

"무슨 소리야?"

"그냥. 그거 좀 견디라고. 부스러기."

그때 차임벨이 울렸다. 문을 열고 루비 엄마 미옥이

들어왔다. 미옥은 윤미 엄마와 절친이었다. 윤미 엄마가 오늘 이 자리에서 미옥을 고모에게 소개하기로 되어 있었다. 미옥은 아르바이트를 하느라 늦었다며 인사치레를 했다. 사실 미옥을 고모에게 소개하는 일은 나와 루비가 시작한 프로젝트다. 나와 루비의 계획—루비 엄마를 고모 교습소에 취직시키기—아래 루비가 윤미 엄마를 설득했고, 미옥도 내심 기대를 해서 이 자리에 오게 된 거다.

나는 안목이 까다로운 고모가 루비 엄마와 대면하던 첫 순간을 똑똑히 지켜봤다. 기대하는 척했지만 사실 가능하지 않은 일이라고 생각하기도 했다. 안 된다고 하겠지. 무언가 마음에 들지 않는다고. 가정교육이 문제라고. 피아노를 잘 치지 못하는 한 선생님으로 앉힐 순 없다고 하겠지. 웃음소리가 크다고 싫다 할지도 모르지. 너무 예뻐서 안 된다고 할지도 몰라. 아이들이 루비 엄마만 좋아하면 곤란하지 않은가. 안 되는 이유를 찾자면 열 가지도 넘었다. 그런데 고모는 첫날부터 미옥에게 마음을 빼앗겼다. 나중에 물어보니 미옥의 이야기들이 마음에 들었다고 했다. 물론 내 귀에도 미옥의 이야기가 흥미롭게 들리기는 했다. 소파와 작은방을 오가며 부지런히 이야기를 수집한 결과, 미옥의 이야기엔 사실 별 내용이 없었다. 미옥은 아무것도 아닌 이야기인데 듣는 이를 빠져들게 만드는 재주가 있었다. 이야기 중간중간 말을 멈추고 고개를 왼쪽 끝까지 돌리고 입술을 오물거린다든지, 결정적인 이야기를 꺼내려는 순간 코를 찡긋거려 세로주름을 만들어 보인다든지. 그런 건 듣는 사람을 서서히 안달나게 만들었다. 지적이거나 아우라가 있는 타입은 아니었지만 매력이 있었다. '뭔가 있다'고 상상하게 만드는 매력이었다.

그날 모임은 저녁때가 다 되어서야 끝났다. 이발을 해서 좀 나아진 얼굴을 한 고모부가 들어왔을 때 여자들이 일어섰다.

"어쩜 이렇게 듬직하실까."

"저희 때문에 부러 나갔다 오신 거 아녜요?"

"원장님처럼 걱정 없는 사람이 어디 있겠어요, 부러워라. 호호호."

여자들은 고모부를 향해 한마디씩 좋은 소리를 날리고 집으로 돌아갔다. 고모는 그사이에 고모부가 허튼소리라도 할까봐 안절부절못하며 여자들을 우르르 내보냈다. 얼른 가, 얼른. 소몰이꾼처럼 신발을 꿰어 신는 여자들 꽁무니를 툭툭 찼다.

허영의 뒷모습은 외로움이다. 그날 저녁 고모의 잠든 모습을 보고 깨달았다. 고모는 닿을 수 없는 곳을 그리다 상체가 꺾인 나무처럼 쓰러져 잠들었다. 고모의 초저녁잠이 밤잠으로 번지는 걸 지켜보며 '반인반목(半人半木)'을 상상했다. 두 다리와 두 팔이 뿌리와 우듬지처럼 서로 다른 방향을 향해 뻗어 있는 모습. 이곳의 몸과 저곳의 영혼이 싸우는 모습. 그 사이에서 고모는 나무도 아니고 사람도 아닌 것처럼 보였다. 잠은 그가 지닌 가장 취약한 면을 드러낸다. 야멸차게 깊은 잠일수록 그렇다.

이야기를 탐하는 사람은 상처를 재배열하고 싶은 욕망이 있는 자다. 당신의 피를 내 쪽에 묻혀 희석하려는 욕망. 만약 내게 저들이 앉은 테이블에 낄 수 있는 기회가 주어진다면 나는 먼저 내 인생의 찢어진 페이지 몇 장에 대해 들려줄 것이다. 그러고는 사람들을 지켜볼 테다. 사람들이 이야기에 상처받는 순간을. 기억과 기억이 만나 상처를 조율해나가는 동안 얼굴에 드리워지는 무늬들을 보고 싶다.

찢어진 페이지

고모할머니는 고모의 고모입니다. 할머니의 할머니 같은, 엄마의 엄마 같은, 삼촌의 삼촌 같은, 고모의 고모입니다. 고모에게도 고모가 있다니, 생각하면 신기하죠. 고모가 업은 고모 같달까. 고모에게 고모는 할머니처럼 느껴질까 아닐까, 생각하다 내 할머니의 고모는? 생각하면 머리 아파지고요.

제겐 이모할머니들도 있었습니다. 세숫대야만큼 넓은 챙이 달린 모자를 쓰고 목 뒤가 간지러울 정도로 사근사근하게 말하는 이모할머니들이 다섯 명이나 있었고요. 그들은 할머니이기 전에 이모이기 전에 언제나 '여자'가 먼저 튀어나오는 존재들이었고요. 우리 할머니랑 중국집 룸에서 정기적으로 만나 수다를 떨곤 했습니다. 저는 항상 테이블 끝자리에 앉아 그들의 수다를 경청했지요.

그건 그렇고, 다시 고모할머니를 얘기해야겠습니다. 고모할머니는 고모이기 전에 여자이기 전에 일단 '할머니'가 수시로 튀어나오는 인물처럼 느껴졌습니다.

네, 고모할머니는 말이죠. 얼굴이 고구마처럼 길고 뾰족했어요. 제 상상 속에서 그 턱은 하룻밤마다 오 센티미터씩 자랐습니다. 이마에 구불거리는 주름이 가득해 어느 때는 뱅어포처럼 보이기도 하고, 마귀할멈 같아 보이기도 했습니다. 좀 무서웠지요.

고모할머니가 고모네 집에 온 이유는 두 밤을 자고 가기 위해서라고 했습니다. 이유는 모르지만 고모할머니는 고모네 집에서 꼭 두 밤을 자고 싶다고 했다니까 뭐. "대궐 같은 딸네 집 두고 왜 굳이 여기서 주무실까" 소곤댄 건 내 고모입니다.

고모할머니는 한 시간이면 오십구 분은 자기 집이 옛날에 얼마나 큰 부자였는지를 말했습니다. 래퍼처럼요. 나머지 일 분은 엄지와 검지를 집게처럼 벌려 입술 양옆에 고인 침을 닦아내며 숨을 고르는 데 사용했습니다. 숨에서 단내가 났어요. 맛있는 단내가 아니라 나이 많은 사람이 가쁜 숨을 내쉴 때 풍기는 냄새, 오래된 화장품

용기를 열 때 훅 끼치는, 인생의 찌꺼기를 말려 보관해 둔 것 같은 냄새였습니다. 저는 그 냄새가 끝을 향해 가는 사람의 숨내라고 생각했습니다. 어쨌든 고모할머니에겐 그 단내와 함께 '지푸라기로 포장한 영원' 같은 냄새도 났어요. 어떤 냄새냐고요? 기름기가 쏙 빠져 만지면 푸석푸석 날아갈 것 같은, 늙은이들에게 나는 냄새였어요. 우리 할머니에겐 아직 나지 않는 냄새, 고모할머니와 할아버지에게서 주로 나는 냄새였습니다.

고모할머니가 머무는 동안 고모는 예민해 보였어요. 저렇게 고집스럽게 자기 얘기만 해서는 누가 좋아하겠니, 늙을수록 입은 닫고 지갑은 열어야 한다는데 저 양반의 입은 도무지 닫힐 새가 없고 지갑이야 뭐……. 고모는 말끝을 흐리며 빨래를 갰습니다. 수건을 반으로 접고, 다시 반으로 접고, 다시 반으로 접는 동작을 반복했습니다. 마치 싫은 걸로 가득 찬 마음의 부피를 줄여보려는 사람처럼 접고, 접고, 접었습니다. 그러다 고모할머니가 "화장실이 어디랬지" 중얼거리며 방에서 나오기라도 하면 발딱 일어섰지요. "어머 고모, 오줌이에요? 똥?

큰 거, 아니면 작은 거?" 팔 동작까지 섞어가며 너스레를 떨었습니다. 고모는 정말 그게 궁금했을까요? 오줌을 눌 예정인지 똥을 눌 예정인지? 마음이 주머니처럼 안팎으로 나눠진다면 고모의 마음은 극단적으로 다른 색을 띠고 있을 게 분명합니다. 색은 물론 재질도, 촉감도, 온도도 다를 거예요.

고모할머니는 나와 겨울언니를 앉혀놓고 싫증이 날 때까지 얘기했습니다. 자기가 얼마나 행복하게 살았는지, 자기 집이 얼마나 부자였는지 말하고 또 말했지요. 네. 아, 그렇군요. 네. 네. 겨울언니와 저는 고개를 끄덕이며 그의 행복을 알아주었습니다. 누가 행복을 말할 땐, 알아달라는 거니까요. 그 밖에 다른 게 뭐가 있겠어요? 누가 행복을 말할 때 제일 바보 같은 짓은 나도 행복하다며, 제 행복을 들이미는 겁니다. 그러면 행복을 논하는 걸 끝내고 싶은 마음이 들겠어요?

"대문이 열리면 또 대문, 또 대문, 또 대문! 궁궐 같은 집이었지. 일하는 사람이 수십 명은 됐을 거야. 셀 수도 없었다. 애 보는 사람만 다섯, 부엌일 하는 사람만 다섯. 밖에선 다들 우리 집을 우러러볼 수밖에 없었어. 곳간에 음식이 그득하고 오빠들은 말을 타고 다녔지. 공부를 좀 한다 싶으면 일본으로 유학을 보냈고, 네 할아비도 왜, 일본 유학을 다녀왔다고 말 안 하디? 내가 입은 비단치마를 색색별로 늘어놓으면 이 집 둘레를 몇 바퀴 휘휘 돌고도 남을걸? 하여간 그런 집에 살았는데……."

고모할머니는 고모네 집의 가장 작은 방에서 딱 두 밤을 자고 돌아가 자살했습니다.

늙은 사람의 자살이 집안의 흉이라, 어른들은 그 일이 일어나지 않은 것처럼 쉬쉬했습니다. 행복했던 시절에 대해 몇 날 며칠을 자랑하던 할머니가 자살했다는 사실이 좀 이상하다고 생각했지만, 누구도 '왜'라는 말을 입에 올리려 하지 않았지요. 이유를 묻기 시작하면 진실과 마주해야 하는데 누구도 진실을 감당하고 싶어 하지 않았던 것 같습니다.

저는 고모할머니의 포즈를 생각했습니다. 두 무릎을

끌어안듯 웅크리고 앉아서 혼잣말처럼 되풀이하고 되풀이하던 이야기들을 생각했습니다. 밖을 향해 이야기하지만 소통을 원하지 않는 듯 닫힌 이야기들. 자기가 자기에게 들려주는 이야기들. 웅크린 자세 때문에 이야기는 활기를 잃고 염불처럼, 태어나자마자 휘발되는 소리가 되었습니다.

한동안 어른들은 저녁 파도처럼 술렁였지만, 그뿐이었습니다. 우리가 알은체라도 할라 치면 눈을 부라리고 입으로 '쓰읍' 소리를 내며 말문을 막았지요. 그렇지만 자기들끼리는 이마를 맞대고 수군대는 걸 보기는 봤어요. 그 집은 자식들이 덕이 없고 효도를 몰라 일이 그렇게 된 거라며 나지막이 하는 말을 주워듣긴 했습니다. 나지막이 말하는 나쁜 소리는 주변 온도를 1~2도 정도 내려가게 하는 것 같았지요. 서늘해지거든요. 듣자 하니 고모할머니는 담배냄새로 찌든 골방에서 허리띠로 목을 매달았다 했습니다. 이런 이야기는 자생하는 힘이 있어, 조심한다 해도 아이들 귀에까지 들어오는 법이란 걸 어른들만 모르지요.

그후 누가 죽겠네, 딱 죽고 싶은 심정이야, 하고 말할 때면 고모할머니의 무르팍부터 떠올랐습니다. 죽을 사람에게서 풍기는 어둑한 냄새, 이미 들떠버린 생의 리듬. 그런 걸 생각하면 고모할머니의 뾰족한 턱이 떠올랐죠. 마늘이나 쑥, 그런 걸 먹다 견디지 못하고 달아난 동물의 외로움이 떠오르는 거예요. 조금도, 더는 기다릴 수 없는 것. 사람이 되지 못하는 것과 늙어 죽음을 기다리지 못하는 것은 동급이 아닐까요.

늙은 자살. 죽은 사람이 아니라 죽을 사람이, 더는 기다리지 못하겠는 영원 같은 순간. 죽을 사람의 고통과 죽은 사람의 고독이 매캐하긴 매한가지. 기다리기엔 영원도 순간도 끔찍하긴 매한가지. 아닌가요?

생각나는 장면이 하나 더 있습니다. 고모할머니가 두 밤을 자고 집으로 돌아간 날, 대문을 잠그고 들어온 고모가 겨울언니를 불렀습니다. 살이 실하게 오른 겨울언니에게 고양이처럼 기어가는 자세로 엎드리게 한 다음 엉덩이에 코를 가져다댔습니다. 고모는 겨울언니의 궁둥이 냄새를 몇 초 동안 흡족해하며 맡았지요. 냄새를 취하는 사람의 모습. 엉덩이에서 구린내가 나는지 안 나는지 확인하고 싶다는 건데, 요상하긴 요상했지요. 고모랑 겨울언니만의 오래된 의식이었는데요. 그건 새끼와 어미만이 할 수 있는 놀이라서 누구도 끼어들 수 없는 거였습니다. 둘이서 하지 마요, 잠깐만 이리 대보라니까, 엄마 하지 마요, 그러지 말라고요, 씻어야 하나 안 씻어야 하나 맡아봐야지 내 새끼, 이런 대화를 나누며 치르는 의식이었습니다만. 하필 고모할머니가 가자마자 이런 행동을 보인 고모 생각이 나네요. 나중에 〈동물의 왕국〉이란 프로그램을 보니 새끼 궁둥이에 코를 대고 냄새를 맡는 게 어미의 자연스러운 행동이라고 하더군요. 인간 어미의 경우엔 좀 특이하다고 생각할 수 있지만, 뭐 어쩌겠어요. 그러고 싶으면 그래야지. 고모는 킁킁거리고, 고모할머니는 죽었습니다.

지나간 미래

아빠는 내게 단 한 번도 '참고 견디라'는 말을 한 적이 없었다. 싫은 건 싫다고 좋은 건 좋다고 말하게 했다. 할 수 없는 건 할 수 없다고 말하라고. 할 수밖에 없는 상황에 놓여 있을 때조차 그렇게 하라고 한 걸 보면 아빠는 통찰력이 없는 사람이었을까. 아니면 그냥 우기는 게 성격인 사람이었을까. 한 번은 이런 말도 했다.

"학교에서 선생님이 너를 때리려고 하면 그냥 돌아서서 나와. 절대로 맞지 마. 집으로 와. 아빠가 책임질게."

지금 같으면 나는 배를 잡고 웃느라 침까지 흘렸을 거다. 책임? 책임이라니. 아빠의 입에서 나올 얘기는 아니지 않은가. 아빠는 피하는 성격이었다. 대체로 막판에 약했다. 잘 버티다가도 막판에 나동그라지기. 투수로 치면

풀카운트까지 상황을 끌고 가다 결정적인 볼을 하나 남겨두고 마운드 위에서 가랑잎처럼 나동그라지기.

'글쎄요, 어느 쪽으로든 날아갈 테지만, 내 소관은 아니오. 나는 모르오.'

다소곳한 포기. 앞뒤를 모르는 사람. 여려서 막무가내인 사람. 밖을 향해 지고, 안을 향해 빈손을 내미는 꽃나무처럼. 막판이 되면 아빠라는 투수는 공 대신 술을 들었다. 술을 마시면 언제라도 가랑잎이 될 수 있으니까. 현실에서 깨지기 전에 잠으로 건너갈 수 있으니까. 술은 아빠의 보호책이자 보호색이었다.

그때도 나는 영리한 편이었으므로 책임지겠다는 아빠의 말을 믿지 않았다.

"아빠가 무슨 힘이 있어서? 그러다 학교에서 내가 쫓겨나면 어떡하라고?"

"쫓겨나면 쫓겨나는 거지 그게 왜? 무서워?"

"학교를 졸업하지 못하면 뭐 해 먹고 살아? 먹고살려면 졸업장은 있어야지."

나는 어른들에게 들은 말을 따라했다. 중간에 고등학

교를 그만둔 아빠를 돌려서 꾸짖는 말이기도 했다. 한동
안 나는 아빠를 가르치고 싶어 안달이 나 있었다. 그만
큼 그가 미덥지 않아서였다.

"입에 풀칠 못할까봐? 아무튼 잘 들어. 누가 널 때리
려고 하면 절대, 한 대도 맞으면 안 돼."

"단체로 다 같이 손바닥을 맞을 때는?"

"안 돼. 맞지 마."

아빠는 지치지 않고 여러 번 말했다. 그게 내가 아빠
에게 받은 유일한 가르침이었다.

학교에서 지각을 하거나 떠들었다는 이유로 손바닥
을 맞아야 할 때, 아빠의 말이 떠오르는 게 문제였다. '맞
으면 아플까'란 생각보다 '맞는 게 옳을까' 하는 의심이
들기 시작했다. 나는 '고민'의 여파로 매를 든 선생님 앞
에서 자꾸 손바닥을 숨겼다. 내려치려는 선생님의 손과
피하려는 내 손이 교탁 앞에서 대치했다.

넑뛰기 한 판처럼. 회초리가 올라갈 때 내밀었던 손바
닥이 회초리가 내려올 땐 사라지는 놀이. 약이 오른 선
생님은 눈으로 레이저를 쏘지만, 나는 작용반작용 법칙

에 따랐을 뿐이다. 때리려는 힘이 있으면 맞지 않으려는 힘도 생겨나는 법. 정당방위였다.

다행히 회초리를 든 담임이 폭력을 즐기는 악질(얼마나 많았는지!)은 아니라서 일단 웃어 보였다. 인마, 너 손 안 내밀어? 담임은 손바닥을 대라고 지시하고, 회초리가 올라가고, 나는 거북이 목을 숨기듯 내밀었던 손바닥을 몸 뒤로 숨기는 일. 이 짓을 몇 번 반복하니 아이들이 와르르 웃었다. 한번은 교실 앞문으로 나가—차마 집으로 가진 못하고—뒷문으로 다시 들어와 엉거주춤한 자세로 선생님을 바라본 적도 있었다. '정말 나를 때리고 싶은가' 내 눈은 그렇게 묻고 있었을 게다. 교실 안에서 이리저리 도망다니다 결국 선생님에게 잡힌 나는 다른 애들보다 더 세게, 두 배로 맞았다. 엄살, 그게 내 보호책이자 보호색이었다. 만약 선생님이 손바닥을 때리는 데 그치지 않고 좀 더 심각한 폭력을 행사하려 했다면 나는 맞지 않고 도망쳐나왔을지 모른다. 교육의 효과란 위험할 때 더 제대로 발현되는 법이니까.

그날 학교에서 돌아와 아빠에게 말했다.

"오늘 선생님이 손바닥을 때리려고 했는데 맞지 않았어. 아빠 말대로."

아빠는 무슨 얘기냐는 듯 눈을 동그랗게 치켜떠 보이고는 가랑잎이 되었다. 낮부터 취해서 바닥의 거름이 되어보려 하는 일, 그때부터 종종 있었다.

비약일까, 도약일까. 그로부터 이십 년 후. 한겨울에 아빠는 이렇게 외치게 된다.

"씨발, 씨발 것들! 왜애애애! 내가!"

겨울은 겨울이었다. 다른 것은 아니었다. 위급하게 달리는 구급차 안이었다. 아빠, 갇혀야 해. 갇혀야 살 수 있어. 나는 기도하듯 말했다. 아빠는 사람이 기도할 때 웃는 버릇이 있었다. 웃다가 비명을 지르기. 웃음과 비명은 형제다. 같은 배를 탄다.

미래에도 하지 못할 이야기

　때때로 나는 죽은 이들과 대화한다. 그 짓을 좋아한다. 아버지가 '죽은 이의 목록'에 들어간 이후, 나는 오랫동안 내가 이것만을 기다려왔다는 생각이 들었다. 죽은 아버지와의 대화를. 죽을 사람과 죽은 사람만이 진정한 대화를 할 수 있다. 정말로 대화를 하고 싶다면 한쪽은 죽어야 한다.

　"진작 아빠가 장롱과 한패라는 걸 알아봤어야 했어. 아빠는 슬플 때 장롱에 붙어 자더니, 시간이 갈수록 점점 더 많이 장롱을 탐했잖아. 장롱을 물고, 빨고, 쓰다듬다 견딜 수 없을 땐 장롱을 부수기도 했잖아. 장롱은 금이 가다, 견딜 수 없을 때 이빨을 드러내며 빠개졌잖아. 아빠의 주먹 모양으로. 두 군데나. 그거 아직도 그대로

야. 내가 아빠한테 물었지. 화가 난 얼굴로. 이거 누가 그
랬어? 사실 '누가' 대신 '왜'를 넣고 싶었는데. 아빠는 내
의도를 안다는 듯 대답하더라? 그냥, 그냥 그랬어. 아빠
가 검은 도화지를 사다 장롱에 오려 붙였잖아. 어두운
부적을 붙이듯. 그게 아빠의 미래였어. 장롱에 붙은 두
장의 검은 도화지! 아빠는 장롱에 붙어 가랑잎 흉내를
냈잖아. 오래 오래 오래, 믿을 수 없을 만큼 오래 흉내를
내다가 구급차에 실려가곤 했잖아. 그게 무슨 범퍼카라
도 되는 양 타고 또 탔잖아. 너무. 자주. 오래. 그게 재밌
었어?"

"나는 힘이 없어."

"그 소리는 듣고 싶지 않다고 몇 번을 말해?"

"이곳엔 소리가 없어. 견딜 필요가 없어."

"아빠 때문에 내게 눈은 사이렌과 같아. 눈과 사이렌
이 떨어져 생각되지 않는다고. 미치도록 내리는 눈을 보
면 귀를 막게 돼. 아빠는 폐쇄병동에 입원시키려는 우리
를 언제나 악당 취급했잖아. 방법이 그것밖에 없었는데
도 그랬잖아. 그날 한 시간 내내, 구급차에 묶여서, 그러
니까 묶인 채로 누워서 비명을 질러댔잖아. 악이자 욕이

자 나를 잡아먹으려는 그 비명. 소리는 소리라서 괜찮지만, 내가 돌아버리겠는 건 함박눈이었어. 앞이 보이지 않을 정도로 쏟아지는 함박눈이 우리가 실려가는 구급차 안까지 파고들었지. 함박눈이 얼마나 시끄러운지! 그 소리가 굉장해서 나는 귀가 멎어버릴 지경이었어. 제발 누군가 우리를 다 쏴 죽여달라고 빌었는데, 눈이라도 멈추게 해달라고 빌었는데, 아빠가 가장 큰 소리로 빌었던 것 같아. 씨발! 왜! 단 두 단어로 아빠는 한 시간 동안이나 빌었잖아. 멈추지 않고. 큰 소리로 빌었잖아. 목에서 피가 나올 정도로. 물론 가는 길이 즐겁진 않았겠지만 아빠는 함박눈보다 더 지독했어. 분명히. 거칠게 휘몰아쳐 내리는 방법을 알고 있었고, 한 대도 안 맞겠다고 악을 쓴 거지. 구급차 안에 있었던 나와 악당들 일체는 할 수 있는 일이 없었어. 죽지도 못하지. 함박눈으로 어떻게 죽겠어? 그때만 해도 가녀린 가랑잎 놀이를 하던 아빠에게, 손바닥을 맞지 않았다고 거짓으로 자랑을 꾸며댄 나는 위로하려던 거야. 세상에 태어난 가랑잎을. 다 소용이 없었지만. 아빠. 어쨌든 가랑잎이 그렇게 시끄러운 거라고."

나는 사이렌처럼 말하는 법을 아빠를 통해 배운 걸까.
멈출 수 없었다.

"나는 힘이 없어."

"할머니는 아빠가 죽어서 죽어버렸어."

"시간이 넘친다는 것은 위험하단다. 왜냐하면 넘치니
까. 여름아, 밖을 봐. 넘치는 게 시간이잖아. 흘러, 넘쳐."

"죽은 삶을 보는 게 지겨워."

"버려지는 시간이 많다는 건 위험한 거야."

"꺼져."

"모자란 시간을 가진 자들은 그걸 아까워하며 알뜰히
쓰느라 위험할 틈이 없지만. 나는 넘치는 시간을 가꾸느
라 위험했던 거야."

"난 언제나 아빠가 부러웠어."

"수돗물처럼 흘러 버려지더라도, 바라볼 수밖에 없는
위험이 내겐 항상 있었다."

"시간이 타버려 재가 된다면 나는 그것을 마셔버릴
거야."

"나는 춥고 힘이 없었어."

"마시고 검은 재 속으로 들어가 무덤처럼 살 거야. 나

는 하나도 안 무서워."

"너는 이상하게 말하는구나."

"(아빠 편이라는 뜻이야.) 그게 내 살 도리야."

"너는 여전히 기울어져 있구나."

"아빠. 왜 늘 나보다 장롱을 더 좋아한 거야?"

내가 중요한 걸 물어보려는 순간 아빠는 검은 도화지 두 장처럼 납작하게 또 죽어버렸다. 중요한 대화를 앞두고 다시 죽기. 나자빠지는 가랑잎은 이승에서도 저승에서도 변하지 않았다. 죽기가 특기라는 듯 자꾸 죽어버렸다. 죽은 사람도 다시 죽을 수 있다. 생각 속에서 아빠가 너무 여러 번 죽어서, 나는 만 번의 장례를 치른 것 같다. "아빠, 계속 죽어 있어. 그게 너무 편해. 정말이야. 너무 편해. 살아나지 마. 난 너무 피로해." 서른 살의 내가 옆에서 자꾸 이렇게 말하라고 종용한다. "아빠, 죽을 때 죽더라도 밤에 내 옆에서 나를 재워줄 거야? 죽었다 해도 영원히 내 곁을 떠나진 않을 거지?" 일곱 살의 어린 내가 옆에서 자꾸 이렇게 말하라고 종용한다. "아빠. 이제 나는 고아인가? 내 곁엔 어른이 없어." 스무 살의 내가 옆에서 자꾸 이렇게 말하라고 종용한다. 모두 안 될 소리. 시끄럽다. 나는 '나'들의 말을 들어주지 않는다. 죽은 사람에게도 예를 지켜야 한다. 죽은 일곱 살에게, 죽은 스무 살에게, 죽은 서른 살에게 얌전해야 한다고 충고한다. 죽은 듯이 있어. 모두 조용해지는데, 일곱 살의 어린 나만 입술을 삐죽 내밀고 토라진 강아지 표정을 흉내낸다. 괜찮다. 그는 슬퍼하다 이내 잠들 것이다.

사월마다 부자가 된 기분이었다. 아빠가 절대 맞으면 안 된다고 했던 말을 떠올리며, 날아오는 벚꽃 펀치를 맞았다. 벚나무 아래를 걸으며 보이지 않는 수천 개의 아빠, 투명하고 가벼운 주먹이 된 아빠를 떠올렸다. 아빠가 내게 맞으면 안 된다고 가르친 건 어릴 때 선생님에게 죽도록 두들겨 맞아서라는 걸, 고모에게 들었다. 아빠는 그때 이미 납작한 검은 도화지가 될 운명이었을까.

나는 벚꽃 펀치를 맞으며 세상의 주먹들을 씹어먹었다. 하마처럼 주먹을 입속에 넣었다. 삼키고 삼켜 내가 검은 세상이 되었다. 가끔은 죽은 이들하고만 대화하고 싶다.

학자와 나

학자는 나를 사랑했다. 나도 그랬다.

학자는 부모보다 내 곁에 있는 걸 좋아했다. 동물이나 귀신은 좋은 사람을 알아본다는데, 어린아이는 동물에 가까울까 귀신에 가까울까. 나는 학자 곁에서 흡족했다. 불안정함 속에 돋아난 지팡이라도 되는 듯, 학자는 나를 쥐고 나를 짚고 나를 의지해 자랐다.

"이것은 문. 이것은 벽. 이것은 문지방. 밟으면 복이 나간단다."

학자는 가르쳐주는 대로 잘 배웠다. 나는 그에게 리듬을 선물하고 싶어 자주 동시를 읽어주었다. 어른들이 우리를 보고 있을 땐 읽어주지 않았다. 그건 발가벗고 까치발을 서는 기분이라 부끄러웠다. 학자와 단둘이 있을 때만 동시를 읽어주었다. 내가 읽은 것과 지어낸 것을 고루 섞어 들려주었다.

주목나무에 사는 건 주먹 쥔 바람들
바람나무에 사는 건 화살 쥔 바람들
시간나무에 사는 건 날개 쥔 아기들

날개를 잊고 흐르네

학자는 흘러가는 건 죄다 좋아했다. 물, 바람, 시간, 노래. 학자의 울음을 멈추려면 손을 잡고 대문 밖으로 나가 바람을 쐬어야 했다. 노래를 부르며 시간을 흘려보내고 바깥 공기를 쐬게 했다. 학자는 한 시간이고 두 시간이고 밖에 있으려 했다. 집으로 갈 땐 질질 끌려 들어왔다. 신발을 벗지 않으려고 발버둥을 치고 눈물과 콧물이 범벅이 된 얼굴로 밖을 쳐다보았다. 나는 학자의 귀에 대고 속삭였다. 내일 또 나가자. 내일 다시 데려갈게. 내일 보자. 바람이랑, 햇볕이랑, 내일이야. 약속해.

학자가 태어나기 전 새엄마는 내게 말했다. 네가 내 새끼였다면 벌써 반은 죽였어. 네가 내 새끼였다면 가만 안 두었다고. 나는 그 말을 못 들은 척했지만, 완전히 죽이지 않고 반만 죽이는 일에 대해 상상한 건 사실이다. 내 상상 속에서 반만 죽은 아이들이 절뚝이며 꽃밭을 피로 망쳐놓는 풍경. 살거나 죽거나 해야, 꽃밭을 망치지 않을 수 있을 텐데. 반만 죽은 아이들은 영혼이 반만 상하므로, 반드시 꽃밭을 망치게 될 텐데.

새엄마가 내 무엇을 견디지 못하겠다는 건지 물어보진 않았다. 집에서 있을 때 나는 말이 없어졌다. 가능하면 고모네로 가서 겨울언니와 있거나 루비네 집에 놀러 갔다. 나는 말썽을 부린 적이 없었다. 말썽을 부릴 여건이 안 됐다. 말썽은 아이들이 부리는 사치에 가깝다고 생각했다.

학자가 태어났을 때 새엄마를 유심히 관찰할 수밖에 없었다. 자기 새끼라면 죽이겠다고 여러 번 선언하지 않았던가. 다행히 새엄마는 학자를 죽이지 않았다. 생각해보면 아기를 낳기 전 새엄마는 너무 어려서, 아무 말이

나 막 했던 것 같다. 진짜 자기 아기를 갖게 된 여자들의 마음이 어떨지 상상해본 적이 없었던 게 아닐까. 학자가 떼를 쓰며 길게 울던 날 나는 새엄마를 향해 물었다.

"학자를 죽이고 싶어?"

새엄마는 살기 띤 눈으로 덤벼들 듯 말했다.

"그게 무슨 개 같은 말이야?"

어른들은 자기가 한 말의 앞뒤 맥락을 생각해보지 않는다. 특히 아이들에게 한 말에 대해서는 생각하지 않는다. 거짓과 진실이 따로 없으며, 한 말을 잊고 안 한 말을 했다고 믿는다. 어른들과 논리적인 대화를 하는 일은 정말로 어렵다.

인상을 쓰며 오늘 저녁 반찬에 대해, 요사이 폭락한 주식과 집값에 대해, 미래의 불확실성에 대해 푸념하는 아기는 없다. 아기는 눈앞에 보이는 것을 판단하지 않는다. 우선 만져보고, 그다음 느낀다. 느낌을 토대로 좋아하거나 싫어한다. 웃거나 울거나 멍하게 존재한다. 아기는 세상을 구별하지 않고 직관으로 받아들인다. 아기의 눈을 보면 언어 없이 대화할 수 있다는 걸 믿게 된다. 언어가 얼마나 무력한지, 비인간적인지 알게 된다. 언어보다 몸짓, 믿음보다 수용이 중요하다는 걸 알게 한다. 날개를 잊고 흐르는 아기들. 학자는 그때까지, 내가 만난 유일한 부처였다.

난삽

과거를 생각하면 슬프고 현재를 떠올리면 입을 다물고 싶고, 미래를 생각하면 씩씩해져야 할 것 같다. 모든 것에 이야기가 담겨 있다.

만약 무언가에 대해 말할 수 있다면 그건 이야기의 손가락 몇 개, 발가락 몇 개, 잘해야 이야기의 뒤통수나 목덜미 정도일 게다. 운이 좋으면 이야기의 뒷모습이나 윤곽 정도를 보게 될까. 그렇지만 전부는 아니다. 이야기의 전체라는 건 관념이다. 사랑이나 미움처럼. 그것은 다르게 존재한다. 온전한 이야기는 없다. 나는 이제 루비를 잃어버린 일에 대해 이야기하려 한다.

잃어버리기 전, 그 전, 그 전의 일들이 말들을 밀치고 장면을 건너 다가온다. 마치 중요한 건 그게 아니라는 듯이.

커다란 이불이 우리 둘을 덮는 장면. 무언가를 숨겨주려는 듯이. 너희 둘, 존재 자체가 반칙이야, 숨어. 이불이 외치는 것 같다. 루비와 나는 이불 속으로 기어들어가 이불 아래, 그 아래, 그 아래에 숨어든 삶의 비밀을 찾아내려고 한다. 땅굴이야 여긴, 조심해, 숨어야 해, 가려지면 좋으련만, 안으로 더 기어가보자, 고개를 숙여. 이불 속에서 우리의 상상이 끝없이 펼쳐지고 펄럭이던 때는 열 살. 이불먼지를 뒤집어쓴 채 재채기를 하며 기어나온 건 열한 살. 그다음은 사라진 이불, 사라진 비밀, 사라진 중심.

루비는 시멘트로 뒤덮인 내 인생에서 민들레처럼 솟아나 무언가를 가르고, 솟구치고, 사라졌다. 그게 무엇일까. 포복으로 느릿느릿 나아가며 오랫동안 이름 짓기, 뒤척이기, 그게 기억이다.

"하지 말라고."

루비가 이불 놀이를 저지하며 쏘아붙였다.

"왜?"

"나 책 읽을 거라고."

"그만 읽고 나랑 놀아."

"너 친구 많잖아. 나가 놀아."

루비의 말투. 창을 닫는 바람 같다. 열두 살. 루비와 나 사이에 가느다란 실금이 생기는 것 같더니 제법 굵어져 손금처럼 또렷해졌다. 무언가를 드러내려는 선, 선들. 결국 부피가 없는 실금이 사람과 사람을 멀어지게 한다. 열세 살.

루비를 잃어버린 게 어디에서인지, 정확히 어느 장면인지, 마음의 어느 귀퉁이에서부터인지 모르겠다. 눈빛이 문제였는지 사람들 앞에서의 내 태도가 문제였는지 전부 다 문제였는지……. 모르겠다. 나는 오랜 시간에 걸쳐 갈증을 느껴야 했다. 이 얘기에 관해서라면 차분히 생각할 수가 없다. 그 얘기를 해야겠다. 뒤라스. 나는 루비를 통해 뒤라스를 알았다. 뒤라스와 처음 마주한 순간, 루비가 있었다. 글쓰기는 바람처럼 일어나는 거라고 한 작가.

루비는 침대에서 등을 기댄 채 책을 읽고 있었다. 한낮은 지났고 저녁이 되기엔 이른 시간이었다. 집은 조용했다. 루비는 내가 왔는데도 책을 놓을 생각이 없어 보였다. 루비의 주변으로 다른 시간이 흐르는 것처럼 보였다. 안경을 낀 하얀 얼굴, 책에 고정된 시선, 아이들이 붕어라고 놀리는 도톰한 입술, 느슨하게 책을 쥔 손, 녹색과 주황이 섞인 줄무늬 티셔츠, 그 위로 이제 막 도드라지기 시작한 가슴, 그리고 그 책. 루비가 들고 있는 책 때문에 나는 위화감을 느꼈다. '연인'이라는 두 글자 아래 독을 머금은 백합처럼, 희고 또 붉은, 소녀의 얼굴이 그려진 책 표지. 내가 뚫어지게 보고 있다는 걸 의식했는지, 루비는 그제야 내 쪽을 보았다.

　"재미있어. 어른들이 보는 책이지만."
　"어디서 났어?"
　"빌렸어."
　"거기 그려진 여자가 주인공이야?"
　루비는 책을 덮어 표지를 힐끗 보았다.
　"맞을걸. 아닐 수도 있고."

"예쁜 여자네."

"아주아주 야한 책이야. 너도 읽고 싶어?"

나는 고개를 저었다. 책 한 권으로 방 전체가 위험해 보였다. 그 책은 물성만으로 힘이 있었다. 루비가 도색 잡지를 들고 있었다고 해도 내가 그토록 긴장하진 않았을 거다. 나는 책의 표지와 '연인'이란 글자, 작가의 이름 만으로 불안해졌다. 불안이라기보다 불온에 가까운 무 언가를 감지하는 마음. 연인. 그에 대해 말하는 여자. 쓰는 여자. 읽는 여자. 바라보는 여자. 그 방은 저절로 태어난 열기로 묘하게 일렁였다. 그건 루비 때문이었다. 루비는 어딘가 달라 보였다. 나는 루비 옆에 양말을 벗고 누 웠다. 그애를 바라보았다. 느리게 저녁이 오고 있었다. 루비는 이따금 눈을 비비고 무릎을 긁고 손톱을 물어뜯 으며 읽었다. 나는 불안과 질투로 피곤해졌다. 루비 옆 에 누워 마르그리트 뒤라스라는 이름을 외웠다. 연인이 라는 단어를 보았다. 단어의 형상과 위엄을 보았다. 나는 루비를 자극하고 싶었다. 내 쪽을 보고, 내가 있는 곳에 서 멀리 가지 않도록 하고 싶었다. 루비는 웬만해선 내게 건너오지 않을 게 분명했기에 말을 골랐다.

"너는 왜 그렇게 난삽해?"

나는 '난삽하다'의 정확한 의미도 모르면서 루비에게
물었다. 그건 며칠 전 담임이 우리 반에서 가장 공부를
못하고 가장 지저분한 옷을 입고 가장 슬픈 표정을 짓는
남자애를 추궁하며 사용한 말이었다. 그 말은 누가 내
머릿속에 은하수를 부은 것처럼 신선하게 들렸다. 난삽
하다니? 난과 삽이란 두 음절을 사용해 가엾은 그애를,
그리고 반 아이들의 동공을 흔들리게 하다니. 아이들은
선생님의 말 한마디로 세계에서 규정당한다. 진짜 이름
을 받는다. 하늘을 날거나 지구 밖으로 꺼질 수 있고, 직
업을 갖게 되거나 꿈을 잃을 수 있다. 불공평하지만 그
렇다. 나는 열한 살 때 선생님이 "다른 건 고만고만한데
글쓰기는 빠르고 정확하고 기막히게 잘하는구나"라고
말하는 바람에 직업이 결정되었다. 불공평한 세계에 거
처하던 시기였으니까.

"난삽하다는 게 뭐야?"

"정돈할 수 없다는 거야."

"정돈이 필요해?"

"네 옆에 앉을 수가 없어."

"그럼 앉지 마."

"루비, 너는 왜 점점 네 맘대로 하는 건데?"

"내가 뭘? 놀고 싶으면 나가 놀아. 네 친구들하고. 내가 밖에 있었어도 이럴래?"

이 말에 상처받은 건 나다. 루비가 아니라 내가 상처받았다. 나는 친구가 많았고 루비는 나 말고는 친구가 없었다. 너무 오랫동안 우리는 비밀 속에서만 친했다. 너무 오랫동안 루비는 내 삶의 내벽을 이루며 커졌다. 밖에서 루비는 늘 혼자이고 침울하고 두려움도 있었을 텐데 나는 그걸 모른 척, 보이지 않는 척했다.

"책 좀 읽자."

"정말이지?"

"그래."

"루비. 다른 애들처럼, 굴면 안 돼? 잘난 척하지 말고, 아는 게 있어도 너무 드러내지 말고……."

"나는 잘난 척을 한 적이 없어."

"너는 왜 그러면 그렇다고 인정하지 않는 거야? 애들이 너보고 재수 없는 애라고 하잖아."

"아니니까 아니지. 아니니까 아닌 거라고! 그게 다야."

모든 걸 괜찮게 보이려고 노력하는 사람은 피로해진다. 괜찮지 않은 것도 괜찮게 보여야 하고 괜찮은 것은 더 괜찮게 보이려 하다 보면 거짓이 침투하고 외로움이 스며든다. 루비는 오랫동안 자기 삶을 괜찮게 보이려고 안간힘을 쓰다 아이들의 적이 되었다. 루비의 거짓말은 견고해지고 아이들의 적의는 깊어졌다.

아이들은 모두 루비를 싫어했다. 우리 학교는 6학년이 총 열세 반이나 되었는데 나는 12반, 루비는 13반이었다. 쉬는 시간에 친구들과 놀고 있으면 루비가 우리 반 뒷문에 서서 나를 바라보고 있었다. '야! 네가 왜 우리 반에 왔어? '전따' 아니야? 우리 반에 재수 없게 왜 재수 없는 애가 왔지? 꺼져.' 이런 말이 들려도 나는 모른 척했다. 빈축을 견디는 루비의 얼굴을 보지 않았다.

나는 교실 뒷문이 없는 것처럼, 내 존재를 숨기느라 진땀을 흘렸다. 나는 한결같이 비겁했다. 내가 사라지거나 내 앞에 나타난 루비를 사라지게 하고 싶었다. 한번은 누가 물었다. 학교 끝나면 너네 둘 자주 만나지 않아? 가족들끼리도 친해 보이던데? 나는 침착하게 대응했다. 루비 엄마가 우리 고모가 운영하는 피아노 교습소에서 '이론 선생님'으로 일한다. 루비 엄마와 우리 고모는 같이 일하는 사이고 나와 루비는 그 교습소에서 피아노를 배우니 자주 만날 수밖에 없지 않겠느냐. 그건 사실이지만 거짓이었다. 미옥이 '겨울피아노'에서 이론 선생님으로 자리를 잡은 건 맞았다. 고모가 미옥을 유난히 아껴서, 어떻게든 학원에 있을 수 있도록 자리를 마련한 거다. 미옥은 학원에 온 아이들의 외투를 받아주고 자리에 앉힌 다음 공책과 연필을 내밀었다. 미옥이 공책에 음표와 사과 그림을 그려두었다. 8분 음표는 반박자니까 사과 반쪽. 4분 음표는 사과 한 개. 2분 음표는 사과 두 개. 온음표는 사과 네 개. 악상기호를 그리고 그 옆에 뜻을 써놓기도 했다. 아이들은 공책을 받아들고 열 번씩 따라서 쓴 다음, 피아노를 칠 수 있었다. 고모는 미옥과 매일 붙어 다녔다. 미옥이 어떻게 변덕스러운 원장님 마음에 들었는지 모르겠다고 쑥덕이는 동네 여자들이 있었지만 미옥은 날이 갈수록 사과를 더 잘 그리고, 아이들의 마음을 샀다. 미옥은 생기로 가득 찬 선생님이었다. 생기, 그 시절 선생님들에겐 드문 덕목이었다.

나는 루비의 침대에서 몸을 일으켜 앉았다. 일어나서 침대 주변을 한 바퀴 돌았다. 존재감을 드러내고 싶어 최대한 느리게 움직였다. 루비는 책에서 눈을 들지 않았다.

"나 갈게."

루비는 대꾸도 하지 않았다. 루비의 관심은 여전히 뒤 라스에 가 있었다. 나는 침대 아래에 벗어놓은 양말을 신고 책상 위에 놓인 손거울을 들어 얼굴을 꼼꼼히 들여 다본 후, 천천히 걸어나왔다.

그날 나는 루비에게서 떨어져나왔다. 잡을 기회를 그렇게나 많이 줬는데, 루비는 나를 잡지 않았다. 슬프진 않았는데 마음속 벽지가 군데군데 젖은 느낌이었다. 나는 쫓기는 사람처럼 두리번거리며 골목을 걸어 집으로 왔다.

그리고 며칠 뒤 미옥이 집을 나갔다. 소문은 메아리처럼 퍼져 아이들 귀에까지 들어왔다. 그 여자는 애 둘을 놔두고 도망갔다지. 그러게 내가 뭐랬어, 남자에 빠지면 애고 뭐고 다 팽개치는 년들이 있다니까. 요사스레 생겼잖아. 오밤중에 도망갔다며. 나는 그 여자 얼굴을 보고, 딱 그럴 줄 알았다니까. 그 피아노 학원은 어째? 거기 어디, 애들 보내겠어? 그런 년이 선생이라고 있던 곳인데. 끼리끼리 아니겠느냐고.

  고모는 두 달을 못 버티고 겨울피아노 문을 닫았다.

언덕에서 내려오기

　어떤 이별은 깔끔하다. 사과 반쪽처럼. 나뉘고 먹히고
사라진다. 그리고.

　모든 이별은 언덕 위에서 이루어진다. 사소한 이별이
라 해도 그게 이별이라면, 올라선 곳에서 내려와야 한다.
내려오기. 그게 이별이다. 다리가 후들거리는 건 낙차 때
문이다. 당신이 있는 곳과 없는 곳, 거기와 여기, '사이'
라는 높이. 당신이 한사코 나와 떨어져 존재하려는 높이.
기어올라야 하는 이별도 있을까? 그건 죽은 사람, 하늘
로 돌아간 사람뿐이다.

　루비와 헤어지고 난 뒤 깨달았다. 이제 내 언덕을 옮
겨야 한다는 걸, 인생이 달라질 것임을 알았다. 내 앞에

다른 문이 열리고, 여러 가지가 변하리라. 그건 마치 신이 '나'라는 말을 다른 쪽을 향해 돌려세워놓은 것 같았다. 이제 이쪽을 봐. 여기, 이쪽이야. 다른 건 충분해. 충분히 봤어.

사라진 엄마들이 대개 그렇듯이 미옥은 루비에게 어떤 핑계나 변명, 이유 따위를 말해주지 않았다. 나갔다. 비를 쏟아내고 가벼워진 구름처럼, 가버렸다.

학교에서 루비는 어깨에 짐을 하나 더 얹어야 했다. 거짓말쟁이, 잘난척쟁이, 재수 없는 애, 이것 말고 '애 버리고 집 나간 여자의 딸'이란 타이틀까지 하나 더 갖게 되었다. 나쁜 타이틀은 자의적으로 딸 수 있는 게 아니다. 타자가 준다. 막무가내로, 몸 여기저기에 얹어두고 찔러두고, 끼얹는다. 루비는 점점 더 지저분해졌다. 모든 면에서. 나는 루비와 다를 게 없었지만 (정말이다) 항상 더 나은 대우를 받았다. 학교에서 말이다. 아이들의 사회생활은 모두 운 소관이다. 운이 좋아서, 가진 게 많아서, 잘 숨겨서, 튀지 않아서 무사할 수 있거나 없다. 루비는 온갖 '경계'에서 쉽게 아래에 자리한 아이였다.

이파리들에겐 표정이 없다. 이유가 없다. 그저 여름에 뛰어들었을 뿐. 그러지 않는 게 힘들어서 푸르러졌을 뿐이라는 듯. 사방이 푸른 것과 무관하다는 듯, 저기 루비가 걸어간다. 나쁜 타이틀을 너무 많이 가진 자가 할 수 있는 일을 하고 있다. 태연함을 가장한 무심, 관조, 초연, 기계화된 얼굴. 그 밖에 무엇을 할 수 있지? 게다가 그건 루비 전공이었다. 나는 루비 뒤를 쫓는다. 너는 비밀 속에서만 내 앞에 서지, 루비가 눈으로 쏘아붙인다. 생각을 관두자, 루비야. 나랑 얘기 좀 하자. 내 눈빛에 루비는 대답하지 않는다. 지난 번 '뒤라스 사건' 이후로 나와 말을 섞지 않는다. 나는 말없이 루비 옆에서 걷는다. 순간 루비가 멈춘다. 이렇게 쏘아붙이고 가버린다.

"네가 듣고 싶은 이야기. 그런 거 안 할 거야. 꺼지라고."

당신이 꺼지라고 할 때 꺼져주는 것. 고요해지는 것. 그것도 존중이다.

얼굴 사용하기

한동안 나를 괴롭힌 건 구토와 코피였다. 이유 없이 코피를 흘리고, 먹은 게 별로 없는데 토했다. 누워 있으면 한쪽 뺨으로 코피가 흘러내리고 코피를 닦으려 앉으면 토했다. 코에선 피가, 입에선 토가, 눈에선 토할 때 삐져나오는 눈물이 나왔다. 어지러웠다. 뿜고 흘러내리느라 바쁜 땅, 그게 내 얼굴이었다.

어른들은 걱정했고 나는 그들의 걱정을 걱정했다. 왜 또? 또 코피를? 또 토하는 거냐? 그러다 죽어, 인마. 자꾸 왜 토하는 거니? 안 먹어? 안 먹으면 죽는다고, 죽어! 너 죽고 싶어? 저마다 채근하였기에 스트레스가 엄청났다. 내 소원은 소박했다. 제발 편히 피 흘리고 마음대로 토하게 해주소서.

나는 어른들을 안심시키기 위해 괜찮다고 말했다. 가능한 한 조용히 피를 닦고, 휴지를 작게 말아 콧구멍에 쑤셔넣고, 토사물을 변기에 흘려보냈다. 괜찮습니다. 죽기야 하겠어요. 그러니 지켜보지 말고 저리 좀 꺼져들 계세요! 이런 말은 속으로만 했다.

어른들은 내가 크느라 아픈 거라고 결론을 내렸다. 내 생각에 어른들의 걱정은 '성가심'으로 인해 촉발한다. 걱정이 먼저가 아니라 성가심이 먼저라는 얘기다. 얘가 아프면, 얘에게 문제가 생기면 내가 할 일이 많아질 텐데, 하는 생각. 그렇지 않은 어른들에 둘러싸여 자라는 아이들도 많겠지만 나는 아니었다.

"학교 못 갈 것 같아."

그날 처음으로 내 입에서 이런 말이 나왔다. 세 번 토했고, 토할 게 남아 있지 않은데도 속이 울렁거렸다. 당시 어른들은 하늘이 두 쪽 나도 결석하면 안 된다고 생각했다. 개근상을 받지 못한다면 끝장이 난다는 거다. 바보들. 진짜 끝장은 그런 데서 오는 게 아니다. 성실하지 못해서 끝장나는 사람은 드물다. 안 그런가?

"개근상도 못 받으면 앞으로 뭘 할 수 있겠냐?"

"우등상은 받지 못하더라도 졸업 때 개근상장 하나는 받아야지."

"그보다 중요한 건 없어. 개근상!"

새엄마는 고개를 저었다. 결석은 안 될 일이니 일단 출석한 뒤 조퇴를 하는 게 낫겠다고 했다. 나는 '학교에 갈 수 없을 것 같다는 말을 하기 위해' 학교에 갔다. 선생님은 내 상태가 얼마나 안 좋은지 바로 알았다.

"야, 인마. 이 정도인데 뭐 하러 학교엘 왔어? 조퇴 처리해줄 테니 얼른 집에 가."

집에선 학교에, 학교에선 집에 가라 하니 내 아픈 몸은 탁구공처럼 이쪽저쪽으로 튕겨다닐 수밖에. 나는 꾀병이 아닌 걸 증명이라도 하듯이 교실을 나와 계단을 내려가는 중에 토했다. 아침에 토하고 나서 억지로 먹은 죽이 그대로 나왔다. 나는 토사물을 처리할 힘이 없었다. 평상시라면 치우려 했겠지만 상태가 좋지 않아 몸만 추슬러 집으로 돌아왔다.

편히 아프려면 어떻게 해야 할까, 그 생각뿐이었다.

회상하기

생각해보면 옛날이다.

루비가 끝말잇기를 시작했다. 오래 해온 놀이였기 때문에 바로 알아차렸다.

"걱정"

"정화"

"화분"

"분수대"

"대머리"

우리는 이 대목에서 조금 웃었다.

"리본"

"본분"

"분장"

"장독"

"독서"

"서러움"

그다음은 뭘까? 우리는 '움'으로 시작하는 단어를 찾느라 골똘해졌다. 찾아보면 있겠지. 그렇지만 우리는 '다음'으로 갈 준비가 되어 있지 않았다. '다음'은 희망이 소유한 단어다.

지금 나는 창가에 서서 '움막'이란 단어를 생각해낸다. 루비와 내가 움막으로 나란히 들어가 희망을 찾던 날들을 생각해낸다.

어느 하루. 루비에게 키우던 금붕어가 죽었다고 말했다.

"금붕어?"

"응. 내 금붕어."

"왜 죽었어?"

"누가 주면 안 될 걸 주었거든."

금붕어는 주황색에 몸길이는 오 센티미터 정도이고, 특별할 것은 없었다. 집에 작은 유리항아리가 있어 금붕어를 그곳에 넣어 길렀다. 나는 시간에 맞춰 밥을 주고, 하루 저녁 물을 받아놓았다 물갈이를 해주었다. 금붕어에게 애정이 있었는가, 하면 딱히 그렇지는 않았다. 어느 날 금붕어가 생겼고, 살아 있으니 돌봤다. 돌봄. 맞다. 나는 금붕어를 돌보았다. 돌보다 보면 흉곽 안쪽에 사랑이란 감정이 생기는 것도 같았다. 어른들이 한마디씩 했다.

"금붕어는 쉽게 죽어."
"금방 죽어버리지."
"갑자기 죽어도 놀라지 마라."

나는 은연중 죽음을 기다렸을지도 모르겠다. 그러니까 나는 금붕어를 키우면서 금붕어의 죽음을 기다렸다. 쉽게 올지도 모를 죽음에 대비하느라 마음을 다잡았다. 밥을 주다가도 아직이니? 물을 갈아주며 아직 안 죽었

니? 아침에 일어나 어항 앞으로 달려가며, 살아 있니 아
직? 삶을 바라는 일보다 죽음을 대비하는 일이 더 피로
했다.

금붕어는 여섯 달을 살았다. 내가 과거형으로 말하는
이유는 금붕어가 기어코 죽었기 때문이다. 금붕어는 쉽
게, 스스로, 죽음을 향해 흘러간 게 아니었다. 새엄마의
언니—나는 '이모'라는 말을 할 줄 몰랐다. 애초에 내겐
고모뿐이었다—가 아이를 데려왔는데, 그애가 어항에
과자를 집어넣었다. 하나, 둘, 셋. 세 개의 계란과자가 천
천히 녹았다. 물이 뿌옇게 변했고 끝. 하교 후 집으로 돌
아왔을 때 끝나 있었다. 게다가 내가 발견하기 전까지 아
무도 금붕어의 죽음을 몰랐다. 나는 낮게 비명을 질렀다.

"얘 좀 봐. 금붕어에게 과자 먹이고 싶었나봐. 귀여워
라!"

"애들이 이렇게 순수하다니까."

"과자 주고 싶었어? 예쁘기도 하지. 그런데 금붕어는
과자 못 먹어."

새엄마와 새엄마의 언니는 어항 앞에서 웃음을 나눴다. 아이의 행동을 치하하듯이 나무랐다. 나무라는 동시에 쓰다듬기. 여름이가 아끼는 금붕어인데 이제 어쩌니, 하는 말들. 위로와 놀림이 고루 섞인, 조금도 미안해하지 않는 태도를 뒤로 하고 나는 어항 앞에 무릎을 꿇었다.

"내 금붕어를 죽였어. 내 금붕어가 죽었어. 금붕어는 죽었구나."

뿌연 물 위로 배 뒤집혀 떠오른 금붕어를 보며 나는 중얼거렸다. 깨달음은 탄식과 상처를 데려온다. 내 금붕어는 쉽게 죽지 않았다. 자연스럽게도 아니지. 내 금붕어는 어렵게 죽었다. 죽음이 아니라 죽임을 당한 죽음이었다.

"고작 금붕어 한 마리 가지고 뭘 그래. 그래도 오래 살았잖아."

"동생이 몰라서 그런 거야. 물고기 과자 주려다."

모르는 게 가장 나빠. 모르는 게 제일 나빠! 죽어. 죽어버려. 모르면 죽으라고! 내 금붕어가 아니라 너희가

죽으란 말이야! 저녁이 될 때까지 외치고 싶었다. 주기
도문처럼 하루 종일 외고 싶었다. 세상의 모든 무지한
자들이 죽었으면 좋겠다고 울부짖고 싶었다. 그러나 나
는 누울 자리가, 비빌 언덕이 없었으므로 입을 다물었다.

죽음은 억울하게 들이닥친다. 그게 금붕어일지라도
쉬운 죽음은 없다. 쉬운 건 언제나 모르는 자, 모르고 싶
은 자, 몰라도 상관없는 자들이다. 내 금붕어는 여섯 달
을 살았다. 죽지 않고. 절대로 죽지 않았다고! 속으로 절
규하는 건 내 주특기라서, 나는 몇 분 동안 내내 비명을
지르느라 콧구멍이 벌렁댔다. 고개를 숙이고 내 방으로
들어갔다. 얼굴에 주먹을 올리고 기다렸다. 얼굴 위로 도
착하는 감정들, 하나하나 밖에서부터 안으로, 안에서부
터 밖으로, 밀려오고 밀려나가는 감정들을 기다렸다.

"괜찮아. 쟤 원래 저래. 금붕어 하나 죽은 것 갖고 유
난은."
"어떡하나, 이거 변기에 버려도 되나?"
"버리고 물 내리면 돼."

웃음소리. 뒤이어 '남의 애 키우기의 어려움'에 대해 수런거리는 소리가 들렸다. 수런거림. 그건 살갗이 귀가 되어 들어야 하는 소리다. 피부로 흡입해야 하는 이야기들. 나는 주먹으로 얼굴을 두드리며, 금붕어와 죽음과 '남의 엄마에게 키워지는 모멸감'에 대해 생각했다.

우리는 결국 금붕어처럼 배회하다 세상을 뜰 것이다. 죽음이 오면 변기물을 내릴 것이다.

전화 돌리기

아이러니한 건 밥이다. 고모는 고모부와 끝내 불화했지만, 고모부에게 아침을 차려주지 않은 적이 단 한 번도 없었다. 그건 고모의 자랑이었다. 그런 게 자랑이 될 수 있다니, 이상하지 않은가. 나는 네가 싫어, 그렇지만 밥은 차려주지. 이 마음은 돌봄일까 사랑일까 저주일까. 사실 이 주제가 고모와 고모부, 둘만의 문제는 아니다. 고모와 여자, 고모와 전통, 고모와 조선, 고모와 식민지, 고모와 가해자, 고모와 인류의 선험적 경험의 문제에 가깝다. 크고 작은 의무를 지키지 않은 불성실한 남편일지라도, 해가 뜨고 식탁이 존재하고 가스레인지와 냄비가 고모를 올려다보는 부엌이 존재한다면, 고모는 움직였다.

"간장 한 종지와 계란프라이 하나라 해도! 나는 결코 저 인간 밥을 굶긴 적은 없다."

먹이가 되어 먹이를 주는 일.

먹이가 되어 먹이를 주는 일.

여자들이 오래도록 해오던 일.
무섭지 않은가?

고모는 서쪽 창에 서서 해가 뜨길 기다리는 사람, 저녁이 되어야 아침을 보는 사람.

방향 상실? 아니다. 고모 안에는 방향을 짚어보길 거부하는 나침반이 있었다. 무엇 하나라도 제대로 보기 시작하면, 인생의 불공평과 잔임함에 대해 말하기 시작하면, 끝장날 게 많았다. 이혼은 고모의 사전에 없는 단어였다.

고모는 소파에 앉아 수화기를 들고 어딘가로 전화했

다. 손끝으로 무릎에 동그라미를 그리며 중얼거리듯 말했다.

"며칠 전 전화한 사람인데요. 팔려고요. 네 대, 아니. 세 대만요. 삼층이에요. 모르겠어요. 제가 그걸 맨날 생각하면서 다니지 않으니까. 와서 보시는 게 좋을까요. 바쁘시죠. 복도가 어떻게 생겼더라……, 보시는 게 낫지 않겠어요? 아니요. 그런 건 아닌데. 한참 전이니까요. 창문으로요? 음, 창문이 아니라 계단으로 옮겼던 것 같기도 하고, 글쎄요. 확실하진 않아요. 얼마요? 네 대를 다 팔면 좀 더 잘해주실 수 있을까요? 한 대는 거의 새 거나 다름없어요. 그렇겠죠. 그러면. 제가 생각해보고 다시 연락드릴게요."

피아노가 사라진 고모의 시간은 팍팍했다. 고모의 시간에서 활기와 혈기가 피아노와 같이 사라졌다. 드러나면 안 되는 자리가 드러난 듯 휑했다. 고모는 우리 앞에서 단 한 번도 미옥에 대해 말하지 않았다.

"내가 말했지? 그년 얼굴에 써 있었다고. 아주 색기가 자르르 돌았잖아."

이렇게 말하는 연놈들—고모의 표현이다—이 자주 출몰했지만, 고모는 어떤 대꾸도 하지 않고 돌아서버렸다.

어느 날은 고모가 바닥에 구부정하게 앉아 무언가를 하고, 아빠가 그 앞에서 구경을 하고 있기에 무슨 일인가 다가가보았다. 고모는 찢어진 만 원짜리 몇 장을 테이프로 붙이고 있었다.

"고모, 뭐 하세요?"

내가 정중히 묻자 고모가 대답했다.

"네 고모부가 돈을 쥐똥구멍에 매달린 작년 똥가루만큼 쥐서 찢어버렸잖아. 너 고모 성격 알지?"

아빠가 낄낄 웃었다. 나는 아빠 옆에 앉아서 고모가 찢어진 돈을 붙이는 광경을 보았다. 고모는 돈을 붙이면서 자꾸 '더럽다'고 말했다.

겨울피아노는 여름에 끝났다.

오해하기

"할 말이 있어서 왔어."

다시 만난 루비는 돌멩이처럼 차갑고 단단해 보였다. 루비를 둘러싼 단단한 막이 있어, 그애 곁으로 섣불리 다가갈 수 없도록 만들었다. 저녁 시간이었다. 아이들을 부르는 소리, 슬리퍼를 질질 끄는 소리, 짧은 외침, 웃음소리, 하수구 냄새, 발목 근처를 빙빙 도는 모기들, 땀으로 축축해진 목덜미, 겨드랑이에서 나는 시큼한 냄새, 어둑한 표정으로 귀가하는 사람들의 목덜미. 이 모든 것에서 루비는 멀리 있는 것처럼 태연해 보였다. 놀이터에 우리 둘만 남았다. 루비는 그네 쪽으로 걸어갔다. 빈 그네를 한 손으로 밀고는 흔들리는 걸 보았다.

"탈래?"

"애나?"

"이제 나하고 말 안 할 줄 알았는데."

"할 말이 있어서 왔다고 했잖아."

"뭔데?"

"우리 엄마, 나쁜 년 아니야."

잠깐 정적이 흘렀다.

"그렇게 생각한 적 없는데?"

"아니. 모두 그렇게 생각하잖아. 여름아."

"왜?"

"너네 고모, 학원 왜 닫았어?"

나는 어떻게 말해야 할지 몰라 망설였다.

"만약 우리 엄마 때문인 거라면, 미안하게 됐대, 우리
엄마가."

"너 엄마랑 연락 돼?"

"나 내일 엄마한테 가. 엄마가 나 데리러 온대."

"정말?"

"비밀이야. 나만 새벽에 가."

"준식이는?"

"준식이는……. 그렇게 되면 아빠가 견디지 못할 거래."

이렇게 말하고 루비는 그네에 앉았다. 발을 앞뒤로 끌어 그네를 움직였다.

"너네 엄마 도대체 어디 있어?"

"말할 수 없어."

"왜?"

"그건 중요한 게 아니래."

"그럼 뭐가 중요한데?"

"갈게. 잘 있어."

루비가 갑자기 일어서자 그네가 출렁였다. 나는 말이 나오지 않았다. 입을 여는 순간 눈물이 나올 것 같았다. 내가 입술을 잘근잘근 씹고 있을 때 루비가 입을 열었다.

"엄마에게 가서, 괜찮아지면 전화할게."

"괜찮아지면?"

"적응을 좀 해야 한대. 거기 새아빠가 있대."

내가 우는 걸 보고 루비가 말했다.

"걱정하지 마. 좋은 사람이래. 우리 아빠보다 좋을걸? 전화할게."

루비는 돌아서려다 멈췄다.

"여름아. 가끔……."

나는 루비의 다음 말을 기다렸다.

"준식이 좀 들여다봐줄래? 만약 오가며 볼 수 있다면."

나는 고개를 끄덕인 후 말했다.

"우리 고모가 그러는데……. 다 그럴 만하니까 그런 거래."

"뭐가?"

"그냥. 누구나 그럴 만해서 그런 거래."

우리는 웃었다. 무엇도 이해하지 못한 채 터져나오는 웃음이었다. 크게 손을 흔들고, 전화하라는 말을 열 번도 더 하고, 견디기 힘든 일이 있으면 서로에게 오라고 말하고, 손가락을 걸고, 약속을 하고 또 하고, 웃다가, 우리는 돌아섰다. 각자의 집을 향해 뛰어갔다.

그때까지만 해도 나는 루비와 이별이 아닌, 화해를 했다고 생각했다.

언덕에서 멀어지기

다음날. 또 다음날. 루비가 정말 학교에 나오지 않자
나는 당황했다. 루비는 아이들이 굴리고 노는 소문의 중
심에 있는 아이여서, 루비의 결석은 씹을 거리가 되어
있었다. 소문은 금세 남루해졌다. 루비가 가출했다, 애를
버리고 나간 여자의 딸이니 오죽하겠냐, 비행청소년들
하고 같이 집을 나갔다더라. 아이들이 내게 말했다.

"야, 너 이제 속 시원하겠다. 걔가 우리 반 뒷문에서
맨날 너 쳐다보고 있었잖아."

"걔가 너 꼬붕이었지?"

"그거 알아? 너 조퇴한 날. 계단에 너가 토해놓은 거,
걔가 다 치웠잖아."

"냄새 더럽게 심해서 애들이 다 도망갔는데, 걔가 옆

반에서 나와 치우더라?"

"너 이제 놓여났지? 축하해!"

나는 대답하지 않았다. 의자를 빼고 책상에 엎드렸다. 엎드린 채 견디었다. 아이들의 웅성거리는 소리를, 내 어깨를 흔드는 손을, 우는 거다 우는 게 아니다 논쟁하는 소리를. 차갑고 따갑고 가벼운 관심을. 무정함과 어수선함을. 포갠 두 손에 이마를 대고 견디었다. 기다려도 지나가지지 않았다. 기다려도 지나가지 않는 게 있다.

어둠 속에서, 내가 홀로 언덕에 서 있다는 걸 깨달았다. 뒷문에 서 있던 루비가 엎드린 내 언덕을 바라보다 천천히, 자기 언덕으로 돌아가는 풍경이 보였다. 나는 혼자였다. 이제 루비가 없는 이 언덕을 내려가야 했다. 언덕을 내려오며 생각한 건 학자였다. 작은 학자. 내가 집에 들어가면 손뼉을 치며 뛰어나올 게 분명한 학자. 앞, 옆, 뒤에 어둠이 울울창창한데 혼자서만 환한 학자. 아직 언덕을 모르는 학자. 그리고 나는 루비의 동생 준식이도 조금 생각했다. 준식이도 지금 즈음 언덕에 서 있을 것

이다. 혼자. 엄마와 누나가 사라진 언덕에서, 혼자 내려
와야 할 것이다.

"루비 엄마는 애를 버린 게 아니야. 루비 엄마가 새벽
에 루비를 데려갔어."

고개를 들고서, 나는 이렇게 외쳤다.

두 사람

어떤 여자들은 애를 버리기도 한다. 그들의 언덕은 얼마나 높고 가파를 것인가. 이해할 수 있지만, 이해하지 않을 것이다. 모든 것이 끝났다고 생각했을 때 하품이 나왔고 졸음이, 어린아이처럼 피어났다.

루비는 한 번도 내게 전화하지 않았다. 나는 지금도 쪼그려앉아 토하던 내 뒷모습과 쪼그려앉아 토사물을 치우는 루비의 뒷모습을 본다.

"전화해."
"너도!"
"꼭 전화해!"

서로 다른 밤을 향해 뛰어가던 모습을 본다. 뛰어가던 루비의 작은 얼굴을 생각한다. 얼굴에 손잡이처럼 매달린 작은 귀 한 쌍을 본다.

　인간의 귀는 접히지 않는다. 언제까지고 펼쳐져 있다.

어린 오르페우스의 여름밤

전승민(문학평론가)

금붕어처럼 세상을 배회하고 있다고
사랑했고
아직도 사랑한다고
벽에 이마를 대고 말하고 싶다

— 〈예감〉[1] 부분

1. 前史: 붉은, 뱀, 거미

박연준은 최근의 시집에서 다음과 같이 말한 바 있다.

내 방에서 음악과 시는 양립할 수 없다. (……) 음악은 아
름답지만 종종 내게 배척당한다. 나는 내킬 때만 음악을
귀여워한다. 필요로 하지 않는다. 그건 내가 음악에 무지

---

1   두 번째 시집《아버지는 나를 처제, 하고 불렀다》, 문학동네, 2012.

하기 때문일 수도, 이미 음악이기 때문일 수도.[2]

　그는 음악과 시가 양립할 수 없다고 한다. 하지만 시인은 본디 노래하는 사람이 아니던가? 그 스스로가 음악이라서 시와 음악이 나란히, 그러니까 서로 다른 두 갈래로 평행운동할 수 없다고 천명하는 것인가. 태초에 문학이 음성에서 노래로, 그리고 그것이 시로 명명되면서 태어난 역사를 고려하면 위의 말은 더욱 의미심장해진다. 곧, 시인 스스로가 문학의 몸을 가졌다는 말과 같다. 시이자 음악이자 노래이자 그저, 다시, 목소리. 그래서 《여름과 루비》는 소설이면서 시이기도 하고 다시 소설이다. 시이자 소설이자 목소리이자, 노래다. 이야기다. 시인에게 언어는 음표와 같거나 혹은 훨씬 먼저 배운 모어다. ("나는 글자보다 피아노를 먼저 배웠다." 〈피아노〉)

　'음악'은 소리로 태어나야만 한다. 발화되어야만 하는 것이 세계에 잔존할 때 그는 입을 열고, 쓴다. 그가 말해

2　박연준, 〈괴팍한 디제이의 음악 일기〉, 네 번째 시집 《밤, 비, 뱀》, 현대문학, 2019, 93쪽.

야만 하는 것은 그가 무언가를 찾고 있다는 것이다. 시인은 시종일관 뒤를 돌아보며 붉은 것을 찾는다, 찾아왔고, 그의 시 세계 역시 그렇게 자라왔다. "빨간색 양말의 짝을 찾아 두리번거리다 서른다섯이 되"(〈위험한 기류〉[3])고 그래서 그의 "기억[이] 빨갛게 멍울 잡히고"(〈빨간 구름〉[4]) "당신이 빨강에 가까운지 해에 가까운지/내일 생각"(〈몰라요〉[5])한다는 그는, 스스로가 붉음임을 직접 천명하는 데까지 나아간다. "나는 빨간색을 잃어버린 피"(〈창백한 잠〉[6])라고 말이다. 또한 그는 이런 노래를 부르기도 했다. 박연준에게 붉음은 부재하는 상태다. 잃은 것이 아니라 잃어'버렸'기에 부재하는 실존적 상태.

> 엄마는 **빨간 핸드백**을 남기고 떠났어요
>
> 나는 가끔씩 핸드백 속으로 기어들어가 놀았어요
>
> 그곳에서 엄마는 아무도 모르게 숨죽여 자라다가
>
> 돌아서서 몰래몰래 늙어갔어요

3 《아버지는 나를 처제, 하고 불렀다》, 문학동네, 2012.
4 위의 책.
5 위의 책.
6 위의 책.

나는 자주 **빨간 핸드백**을 옆구리에 끼고

할머니의 고무신을 끌며 옥상으로 올라갔어요

—〈일곱 살, 달밤〉[7] 부분

소설은 이 붉음을 통해 단지 모성의 부재로 시작하는
전형적인 서사, 예컨대 모성의 대리보충을 필요로 하는 아
이의 이야기로 진입하거나, 그 부재를 결핍으로 여기며 정
체성 안으로 그것을 함몰시키지 않는다. 여름의 유년에는
모성 그 자체가 없는 것이 아니라 '새엄마'와 고모, 할머니
의 모성이 있다. '빨간 핸드백'으로 표상되는 엄마의 부재,
붉음은 여름의 인생을 미리 결정해버리는 유일한 근원 사
건이 아니라 삶의 여러 고유한 조건들 중 하나가 되어 생
을 추동하는 계기이자 힘이 된다. 그러니 그의 세계에서
붉음이 여러 가지 양태로 등장하는 것은 당연하며 결핍의
표지가 아니라 오히려 여름이 붉음을 자기만의 방식으로
이해하고 찾아가게 되는, 미워하고 사랑하게 되는 하나의
계절이 된다. 여름에게 그 붉은 계절은 루비로 나타난다.

---

7 첫 번째 시집《속눈썹이 지르는 비명》, 창비, 2007. 이하 이 글에서 사용되는 모든
볼드체는 필자의 강조다.

사랑이 시작되는 건 한순간이다. (……) 기다리는 동안 생
각했다. **사랑. 미움.** 평생. 한순간. **엄마. 아빠.** 지겨움. 냄
새와 함께 사라지는 것들에 대해서. 알 수 없을 땐 돌에 기
대야 한다. **루비 같은 거. 붉은 돌 같은 거. 부수면 피 흘리
는 거.** 눈을 감아도 사라지지 않는 거. 가질 수 있지만 갖
고 싶지 않은 거. 곧 내 인생에 등장하게 될 것이다.

—《여름과 루비》, 〈바탕색〉 중에서

《여름과 루비》는 서술자 '나'인 여름이가 루비를 어떻
게 만났고 (루비가 어떻게 여름이의 인생에 나타났고) 둘은
어떤 사랑을 했고, 서로의 무엇을 지켜주었고 혹은 지켜
주지 못했으며, 그래서 여름이가 결국 루비를 잃어'버렸
고' 그래서 이렇게 찾는다고, 내가 너를 찾고 있다고 외
치는 그런 소설이자 시, 그리고 목소리, 노래다.

*

이 붉음은 아빠와 자신을 떠난 엄마로부터 파생된 것
이기도 하고, 동시에 아픈 아버지로부터 흘러나온 것이

기도 하다.

어둠속에서 꽃들을 사육하는 아버지가

나비의 날개를 묻고 있다

(……)

죽음을 흉내내며 **붉게 익은 종양**을 두 쪽으로 동강내 줬

으면—

말한다, 이 **새빨간 수세미**인 내가

당신의 상처를 북북 문지르며 말한다

아빠, 당신 발밑으로 주렁주렁 열린 감 몇개만 따먹어도

되나요?

(……)

연산군처럼 익살스럽게, 휘몰이 장단에 맞춰

도돌이표, 도돌이표, 빙빙 돌아

나를,계속,찌르고,있는,

아빠?

—〈꽃을 사육하는 아버지〉 부분

아버지에겐 붉게 익고 익은 종양이 있고, 그 터진 종

양의 상처를 문지르는 딸은 아버지의 체액과 고름, 피 등을 온몸으로 입고서 새빨간 수세미가 된다. 아버지의 붉은 것들은 도돌이표처럼 딸을 계속 찌르고 문지르고 피를 묻힌다. 결국, 딸은 아버지를 병원에 두고 오지만 그의 붉음으로부터 좀체 달아나기 어렵다. 붉음은 '나'의 세계를 지배한다.

아버지를 병원에 걸어놓고 나왔다

(……)

아버지는 **빨간 핏방울**을 입술에 묻히고

바닥에 스민 듯 잠을 자다

개처럼 질질 끌려 이송되었다

(……)

아버지는 나를 잠깐 보더니

처제, 하고 불렀다

아버지는 **연지**를 바르고 시집가는 계집애처럼 곱고

천진해 보이기까지 했다

(……)

고개를 들어 천장을 지나가는 **뱀**을 구경했다

—〈뱀이 된 아버지〉 부분

한편, 부재하는 엄마의 빨강과 피 흘리는 아버지의 붉음이 섞여 만들어진 세계에는 언제나 뱀 한 마리가 똬리를 틀고 있는데 그 뱀은 바로 '나'다. ("나는 눈멀고 입술이 봉해진 캄캄한 **뱀**이다"〈시를 쓴다〉[8]) 시인은 시 한 편, 한 편을 중첩시키면서 풍경의 새로운 부분을 조금씩 내어놓는다. 뱀 옆에는 거미 한 마리도 산다.

고요 속에서

개줄에 목이 묶여 기어가는 **아버지**와

365일 하혈하는 **병든 밤**과

부지런히 늪을 짓는 **거미**가 산다

—〈뱀이 된 아버지〉 부분

아빠 아빠 아빠 오래전 누가 뜨겁게 데워놓은 강물에서

내 변사체를 발견했다던데 혹시 당신이 보았나요? 아빠,

---

8 《속눈썹이 지르는 비명》, 창비, 2007.

당신은 내 머리띠 같아 내 머릿속에 깊이 뿌리내린 꽃, 꽃
띠 아버지, 나 거미가 된 것 같아요 자꾸 똥구멍으로 실이
빠져나오고 그 실에 목이 친친 감겨 잠이 들 것만 같아요

— 〈꽃띠 아버지〉 부분

뱀은 자기 '똥꾸멍'에서 실이 나오는 걸로 보아 거미
가 된 것 같다고 아빠에게 말한다. 그 실은 "가볍게 흔들
리며 허공에 분사(噴射)되는 기억"이자 "상처의 괄약근
이 툭, 풀어[지]"면서 "피딱지처럼 가[려운]" 이름 하나
를 만들어내기 위해 뽑혀져 나오는 것이다. (〈가느다랗게
붉은〉[9]) 그 이름이 바로 루비—붉은 돌이다. 문제는 이
이야기가 루비를 가졌다가 상실하는 내용이라는 점이
다. ("나는 이제 루비를 잃어버린 일에 대해 이야기하려 한다.
(……) 그날 나는 루비에게서 떨어져나왔다. 잡을 기회를 그렇
게나 많이 줬는데, 루비는 나를 잡지 않았다."《여름과 루비》,
〈난삽〉 중에서)

9 《아버지는 나를 처제, 하고 불렀다》, 문학동네, 2012.

＊

에우리디케는 뱀에 물려 죽었다.

＊

여름은 루비를 찾기 위해 여름 동안 서른여덟 번을 노래하는 어린 오르페우스다.[10]

2. 내 인생을 망치러 온 나의 구원자, 루비

오르페우스는 뒤, 그러니까 과거를 본다. 루비는 여름의 기억 속에서 살기 때문이다. ("루비는 시멘트로 뒤덮인 내 인생에서 민들레처럼 솟아나 무언가를 가르고, 솟구치고, 사라졌다. 그게 무엇일까. 포복으로 느릿느릿 나아가며 오랫동안 이름 짓기, 뒤척이기, 그게 기억이다.", 〈난삽〉) 상실의 시

---

10 《여름과 루비》는 모두 38개의 장으로 구성된다. 우리는 앞서 여름의 붉은 세계에 상주하는 뱀 한 마리를 만난 것을 기억한다. 본래의 신화에서는 그렇지 않지만 이 세계에서 뱀은 '나'—여름이기도 하다.

점, 혹은 그보다도 전의 일들이 지금 이 순간의 언어와 현존을 압도하기에 과거를 미래로 데려오기 위해서는 용감해져야 한다. ("과거를 생각하면 슬프고 현재를 떠올리면 입을 다물고 싶고, 미래를 생각하면 씩씩해져야 할 것 같다. (……) 잃어버리기 전, 그 전, 그 전의 일들이 말들을 밀치고 장면을 건너 다가온다."《여름과 루비》, 〈난삽〉 중에서)

불행하게도 우리는 오르페우스가 끝내 에우리디케를 지상으로 데려오지 못한다는 사실을 이미 알고 있다. 그는 사랑하는 사람이 보이지 않아도 자신과 함께 있다고 굳게 믿어야만 했지만 그러지 못했다. 이 지점에서 이야기에 대한 여러 해석이 생겨나는데, 누군가는 금기를 깰 수밖에 없던 오르페우스의 인간적인 마음의 한계를 지적하고, 누군가는 그러한 욕망과 의지의 충돌이 아니라 그 돌아봄은 바로 그의 자발적인 선택이었다고 말하고, 또 누군가는 돌아보라고 소리치는 에우리디케의 목소리가 먼저 있었으리라고 말한다.[11] 하지만 《여름과 루비》의 에우리디케는, 그러니까 루비는 스스로 그를 내친다.

---

11 《타오르는 여인의 초상》, 셀린 시아마 감독, 2019.

루비야. 나랑 얘기 좀 하자. 내 눈빛에 루비는 대답하지 않는다. (……) 나는 말없이 루비 옆에서 걷는다. 순간 루비가 멈춘다. 이렇게 쏘아붙이고 가버린다.

"네가 듣고 싶은 이야기. 그런 거 안 할 거야. 꺼지라고."

당신이 꺼지라고 할 때 꺼져주는 것. 고요해지는 것. 그것도 존중이다.

—《여름과 루비》, 〈언덕에서 내려오기〉 중에서

루비를 사라지게 한 일, 그러니까 루비를 잃어버린 것은 바로 여름 그 자신이다. 〈난삽〉에 나오는 '뒤라스 사건'이 핵심이다. 마르그리트 뒤라스의 소설 《연인》을 읽는 루비 앞에서 여름은 불안과 불온이 뒤섞인 공기를 마시며 위축된다. 어린 여자의 사랑과 섹슈얼리티의 관능이 담긴 책, "연인. 그에 대해 말하는 여자. 쓰는 여자. 읽는 여자. 바라보는 여자."(《여름과 루비》, 190쪽)의 앞에서 여름은 "불안과 질투"로 피곤해진다. 이 불안과 질투는 루비의 시선과 관심이 '연인'에게로, 자신이 알지 못하는 세계의 성숙, 섹슈얼리티의 세계로 건너가는 것을 보는 데에서 기인한다. ("책 한 권으로 방 전체가 위험해 보였다." 《여름과 루비》, 190쪽)

> 내가 뚫어지게 보고 있다는 걸 의식했는지, 루비는 그제야 내 쪽을 보았다. (……) 나는 루비를 자극하고 싶었다. 내 쪽을 보고, 내가 있는 곳에서 멀리 가지 않도록 하고 싶었다. 루비는 웬만해선 내게 건너오지 않을 게 분명했기에 말을 골랐다. (《여름과 루비》, 189-191쪽)

루비는 조숙하다. 친구들의 압력이나 못된 말, 외부의 자극에 휘둘리지 않는다. 초연하다 못해 오히려 그 외부 세계에 자신이 영향력을 행사하는 것처럼 보인다. 여름은 자신에게는 그런 루비의 각도를 자신에게로 곧장 돌릴 힘이 없다고 느끼고 그 무력감이 '난삽하다'를 만들어낸다. 단어는 곧장 루비에게로 날아가 처참하게 부서진다. ("'너는 왜 그렇게 난삽해?'/나는 '난삽하다'의 정확한 의미도 모르면서 루비에게 물었다."《여름과 루비》, 191쪽)

이 시점에서 우리는 잠깐 이야기의 앞쪽으로 돌아가

서 루비가 어떻게 여름의 인생에 나타났는지 짚어볼 필요가 있다.(〈붉은 것〉) 루비는 여름이가 '빨간불'일 때 등장한다. 빨간불은 여름 자신을 은유하는 말이다. ("나는 깜빡인다, 세상에서, 아주 작은 점처럼 깜빡이며 존재한다. 늘 존재할 수는 없다. 욕심쟁이들만 늘 존재한다. 나는 존재하는 것을 깜빡 잊는다. (……) 사람들은 나를 고장 난 신호등을 보듯 바라본다."《여름과 루비》, 19-20쪽) 여름이 루비를 부른 것도 아닌데 루비는 어디선가 나타나 여름의 삶을 바꿔버린다. 여름이 견디고 있는 사랑을 중단시키면서다.

나는 그걸[꼬집힘 당하는 일] '사랑을 견디는 일'이라고 생각했다. 가슴이 저밀 정도로 그애가 좋았다. (……) 그때 루비가 왔다. 내가 사랑을 견디고 있을 때. 루비가 나타났다. 내 쪽으로 걸어와 그애를 밀쳤다.
"지금 뭐 하는 거야?"
(……)
"누가 널 꼬집는데 왜 가만히 있어?"《여름과 루비》, 42쪽)

이 장면을 두고 우리는 "내 인생을 망치러 온 나의 구원자, 나의 루비"[12]라고 말해도 될까.

> 내 삶을 지배하려고 작정한 게 분명한 루비. 내 마음을
> 옴짝달싹 못하게 붙들어두려고 촌스럽고 번잡한 변두리
> 인 M동에 온 루비. 루비는 거슬리는 아이였다. 무시할
> 수가 없었다. 하던 생각을 멈추게 하고, 다른 행동을 하
> 게 만들었다. 루비의 눈빛, 단박에 카메라로 찍듯이 나를
> 바라보던 눈빛엔 힘이 있었다. 보는 힘, 볼 줄 아는 힘이
> 었다. (《여름과 루비》, 63쪽)

동시에 여름은 루비가 '금기'를 깼다고 말하는데 이때
의 금기는 남자애에게 말을 거는 표면적인 금기뿐만 아
니라 동성 간의 성애적인 감정, 친구 이상의 감정을 일
으키는 것까지 포함한다. 여자아이들끼리의 사적인 친
밀함이 단지 여자인 친구가 아니라 '여자친구'로까지 발
전할 수 있는 영역으로 확장되는 순간에 접어들면서, 금
기는 깨어진다. 엄마의 부재와 아빠의 상처에서 태어난

---

12 《아가씨》, 박찬욱 감독, 2016.

붉음은 루비의 빨강을 만나 사랑의 영역이 된다.

> 루비의 눈을 빤히 바라보았다. 내 귀에 사랑이 움직이는
> 소리가 들렸다. 지각 이동, 판의 이동처럼 사랑이 꿈틀대
> 며 움직이고 있었다. (《여름과 루비》, 43쪽)

> 루비가 허리를 구부려 발아래를 본다. 민들레 따위를 보
> 려는 게 아니다. 루비는 민들레의 가느다란 모가지에 기
> 대 나를 기다리는 거다. 나는 애초에 뭘 생각이 없었다는
> 듯 슬렁슬렁 걸어 루비 옆에 선다. 우리는 손을 잡고, 잡
> 은 손을 흔들며 걷는다. (《여름과 루비》, 45쪽)

여덟 살짜리 두 여자아이들의 간질거리는 순간을 잠
시 뒤로하고 우리는 다시, '난삽한' 장면으로 돌아가야
한다. 루비가 여름을 떠난 이유는, 여름이 한 행동이 바
로 그때의 그 꼬집던 남자아이의 꼭 같은 행동 때문이
다. 누군가를 좋아하는 마음을 볼모로 삼아 흔드는 일.
그러니까, 자기를 좋아하는 여자아이(여름)는 자기가 아
무리 꼬집고 아프게 해도 도망가지 않고 그걸 고스란히

견디고 있을 것이라는 기대를 이용하는 일, 자신이 좋아하는 여자아이(루비)의 관심을 받기 위해 하지 말아야 할 나쁜 말을 기어코 던지는 일, 그런 일들 말이다. 루비는 사랑을 계기로 여름의 인생에 끼어들었고, 사랑을 계기로 빠져나갔다. 그들의 첫 순간은 '옳지 않은 사랑'을 규탄하면서 루비가 여름을 지켜냈고, 그들의 실패는 마찬가지로 다만 여름이 그 옳지 않은 사랑의 주체가 되면서 발생한다.

*

에우리디케는 오르페우스를 밀쳐냄으로써 그를 돌아보게 만든다.

*

1993년 2월 9일 초경을 했다.

—《여름과 루비》, 〈우리들의 실패〉 전문

여자아이들이 자라서 소녀가 되고 초경을 한다. 이게
왜 실패일까? 약간의 우회로를 거쳐 도달해보고자 한다.
《여름과 루비》는 시이자 소설이기에 시가 지닌 말놀이
와 의미의 함축을 통해 풀어나가며 읽을 수도 있고, 소
설이 지닌 서사성을 안으로 그러모으면서 읽을 수도 있
다. 가령, 〈우리들의 실패〉의 경우 '실패'의 단어에 주목
해보자. 실패에는 두 가지 뜻이 있다. 하나는 실패(失敗,
failure) 그리고 다른 하나는 실을 감는 실패(spool)다. 우
리는 똥구멍에서 실을 뽑아 '루비'라는 붉은 돌의 이름
을 직조하는 거미 한 마리를 만난 적 있다. 그 실을 뽑고
뽑아 감아내면 '실패'라는 긴 칼의 사랑이 된다.

아슬아슬 떠다니는 네 질투를 좋아해

'실패'라는 긴 칼을 가진 사랑아

내 가장 예쁜 **구멍으로** 들어오렴

시간에 무성한 털이 자라고 있어

곧 우리는 따뜻해질 거야

몸을 둥글게 말았더니 그만, **뱀**이 되고 말았네

뱀, 기다란 시간!

미끄러운 음악이 아침부터 밤까지

꿈,틀,꿈,틀

—〈이게 다예요〉 부분[13]

역시 '나'는, 여름은, 오르페우스는 또 한 번 뱀이 되고 시간의 처음부터 끝까지 시종일관 미끄러운 음악 속에서 루비라는 붉은 상실을 복원하려는 직조의 몸짓을 꿈틀거린다. 음악이 미끄러운 이유는 노래하는 이, 그러니까 여름이 미끄럽기 때문이다. ("다마네기처럼 내가 미끄러워서, 내 존재가 미끄러워 사랑하는 사람을 붙잡아두지 못하는 걸까 고민한 적이 있다. 그렇다. 어릴 때 나는 대체로 미끄럽게 존재했다. 미끄러워서 다들 나를 타고 훌훌 내려갔다." 《여름과 루비》, 97-98쪽) 이 소설은 뱀이 되어 붉은 실을 거미처럼 뽑아내고 있는 어린 오르페우스의 노래, 박연준의 시이자 목소리다. ("나는 눈멀고 입술이 봉해진 캄캄한 뱀이다 (……) 나는 멍든 심장을 쥐고 시를 쓴다/시퍼런 독을 짜내 멍을 키운다", 〈시를 쓴다〉[14]) 헌데 이 실은 인간의 실

13 《아버지는 나를 처제, 하고 불렀다》, 문학동네, 2012.
14 《속눈썹이 지르는 비명》, 창비, 2007.

인지라 간혹 끊기기도 한다.

나는 **빨간색**을 잃어버린 피

(……)

사랑은 어느 곳에서부터 **끊겼을까**?

끊긴 곳에서 삐져나온 **실밥**들에게

이제 그만 무뎌지라고, 속삭인다

— 〈창백한 잠〉[15] 부분

실패(spool)의 실은 필연적으로 끊어짐, 실패(failure)의 의미를 견인시키고, 끊긴 실밥들은 실 위를 타고 흐르던 사랑의 실패를 담지한다.

모든 것에 **실패**하고 싶다.

(……)

실패로 이루어진 **화관**을 만들어야겠다

---

15 《아버지는 나를 처제, 하고 불렀다》, 문학동네, 2012.

나중에

죽은 사람들에게 씌워줘야지

나중에
죽은 사람들이 들고 있겠지

저녁에 오는 생각들은
실패에 엉기는, 실패(失敗)들일까

—⟨화살과 저녁⟩[16] 부분

실패에 엉기는 실패(失敗)들은 화관(花冠)이 된다. 화
관을 쓴 사람은 아버지다. ("아빠, 당신은 내 머리띠 같아 내
머릿속에 깊이 뿌리내린 꽃, 꽃띠 아버지", ⟨꽃띠 아버지⟩[17])
그 꽃을 사육하는 것도 마침 아버지인데(⟨꽃을 사육하는
아버지⟩[18]) 죽은 아버지는 이 실패한 사랑의 붉은 실로

16 세 번째 시집 《베누스 푸디카》, 창비, 2017.
17 《아버지는 나를 처제, 하고 불렀다》, 문학동네, 2012.
18 《속눈썹이 지르는 비명》, 창비, 2007.

만들어진 화관을 쓰는 유일한 사람이다. 루비라는 빨강을 사랑하는 일은 그러므로 부재하는 엄마의 빨간 핸드백보다 아빠의 꽃 머리띠에서 온 것이다. 오르페우스는 죽은 자를 만날 수 있는 유일한 산 자다.

> 때때로 나는 죽은 이들과 대화한다. 그 짓을 좋아한다. 아버지가 '죽은 이의 목록'에 들어간 이후, 나는 오랫동안 내가 이것만을 기다려왔다는 생각이 들었다. 죽은 아버지와의 대화를. 죽을 사람과 죽은 사람만이 진정한 대화를 할 수 있다. 정말로 대화를 하고 싶다면 한쪽은 죽어야 한다.
>
> ──《여름과 루비》, 〈미래에도 하지 못할 이야기〉 중에서

우리는 소녀들의 초경에서 '실패'(spool)를 보았고 그 실패에 엉긴 것이 바로 실패한 사랑이라는 것도 이제는 안다. 실패한 사랑은 그 실패 때문에 계속해서 사랑할 수밖에 없다. 아버지와 여름의 관계 역시 마찬가지다. 아빠 상아는 밤무대에서 오르간 연주를 하는 고등학교 중퇴자, "교양이라곤 눈을 뜨고 찾을래야 찾을 수가 없"는 새

엄마를 데려와 나와 고모를 힘들게 하는 사람이지만(《여름과 루비》, 〈46색〉) 여름은 상아가 집을 떠나지 않았으면 하는 간절함으로 그의 신발을 신발장 아주 깊숙이 넣어둔다. (《여름과 루비》, 〈계절〉) 아빠를 아주 많이 사랑하기 때문에 여름은 언제나 아빠보다 더 어른이다.

"아빠는 좋겠다."

"왜?"

"아빠는 사랑을 많이 받았잖아. 할머니 할아버지 고모 큰아빠들한테. 모두 다 아빠 편이 되어주잖아. 나는 편이 없어."

내가 진짜 하고 싶은 이야기는 '편이 없다'는 게 아니라 '엄마가 없다'는 말이었다. 아빠가 곤란할까봐 조금 비틀어 얘기했던 거다.

나로선 심각한 얘기를 꺼낸 건데, 그리하여 아빠가 자기 잘못(나를 더 사랑하고 보필하지 않은 점)을 뉘우치고 눈물을 글썽이며 사과하기를 바랐는데, 아빠는 고작 이렇게 말하고 냉장고 쪽으로 걸어갔다.

"뭐 먹을 거 없나?"

나는 더 이상 말하지 않았다. 비틀어 말하지 않았어도 아빠는 알아듣지 못했을 거다. 아빠는 늘 나보다 어렸다.

—《여름과 루비》, 〈어떤 거짓말은 솔직하다〉 중에서

오르페우스의 사랑은 언제나 실패한다. 아빠와의 관계도, 루비와의 관계에서도. 바로 그래서 그는 다만 계속해서 노래하는 것이다. 실패의 실은 끊기어도 다시 생겨나고, 또 끊기고, 밤새 똥구멍에서 만들어진다. ("이게 내 사랑이라고 쉰 목소리라고 노래하고 싶다/바이올린을 타고 밤을 여행하고 싶다/실 끊고 사라지는 오래된 마음을/얌전히 놓치고 싶다", 〈마음 얼레를 푸는 밤〉[19]) 실패하는 사랑은 영원히 사랑해야 할 수밖에 없는 사랑이다.

3. 시작(詩作)을 시작(始作)하는 여름밤

사랑은 보이지 않는 것을 믿는 일이다. 상대가 내 옆에 없더라도 나를 여전히 사랑한다고 나와 함께하고 있

---

19 《아버지는 나를 처제, 하고 불렀다》, 문학동네, 2012.

다고, 그저 상상하는 데에서 그치는 것이 아니라 실존의 차원으로 강력하게 믿어야 한다. 오르페우스에게 시작(詩作)은 그 믿음의 실체를 만들어내는 일, 바로 '그 짓'이다.

> 패배를 사랑하는 건 우리의 직업병
> 웃다가 쓸쓸해지는 건 얼굴이 미래를 보았기 때문
>
> (……)
>
> 투명한 죽음들로 무거워지는 여름
> 우리의 밤이 모여 백야를 낳고
> 종이다!
> 흰 종이다!
> 글자들이 뛰어 내리고
>
> (……)
>
> 노래해

중요한 건

칼이 진정으로 날카로워

문장들이 겁에 질리는 거야

그 짓을 오래 하다 나자빠진 저녁,

그게 시인이야

— 〈음악에 부침〉[20] 부분

　'그 짓'에 스며들어 있는 성적인 함의는 분명 섹스다. '그 짓'의 기원은 고모가 시킨 동화 베껴 쓰기다. 처음에 여름은 이렇게 타인의 목소리를 받아쓰는 연습을 한다. 하지만 이는 따라하기나 흉내내기가 아니라 몸에 달라붙은 글자들을 떼어내어 자신의 글, 여름의 글을 써내기 위함이다. ("고모는 틈만 나면 내게 동화책과 동시집을 필사하게 시켰다.//쪼그려앉아 부업을 하는 사람처럼, 나는 그 짓을 했다. 베껴 쓰고 베껴 쓰고 또 베껴 쓰다 보니 글자들이 몸에 달라붙었다.",《여름과 루비》, 27-28쪽) 〈할 수 있는 이야

20　《베누스 푸디카》, 창비, 2017.

해설　249

기〉와 〈할 수 없는 이야기〉는 짝을 이루는 이야기로 '그 짓'에 관해서 그리고 '그 짓'이 왜 '그 짓'으로 말해질 수밖에 없는지를 알려준다. 흥미로운 '그 짓'에 대해 말하기 전에 잠깐 은유에 대해 짚고 넘어가야 한다.

소설과 시의 가장 큰 차이를 꼽으라고 한다면 길이보다 바로 은유와 연관된다고 말하겠다. 소설은 시공간의 차이를 통해 삼차원 서사의 부피, 그러니까 알레고리로 말할 수 있는 반면, 시의 경우에는 은유가 시공간 전체를 차지할 수도 있다. 소설에서도 물론 은유가 사용될수 있지만 개별 문장 표현 단위에 그칠 뿐 그것은 작품의 부피 전체에서 보면 아주 미미한 비율이 된다. 한편시의 경우 작게는 한 행과 연 크게는 작품 전체가 하나의 은유가 될 수도 있는데 가령, 이런 것이다.

사랑은 치마

오토바이는 죽은 체리

사진은 얼린 미래

(……)

의자는 슬픔,

굳은 슬픔

—〈예술은 낳자마자 걸을 수 있는 망아지처럼

태어나는 것 같다 — 은유〉[21] 부분

은유의 형식은 'A는 B이다'는 표현으로 A와 B를 등
가물의 세계로 올린다. 둘이 완벽하게 동일한지 아닌
지는 알 수 없지만 (물론 그럴 수도 있다) 적어도 같은
자질을 최소한으로 공유하는 쌍으로 태어난다. 달리
말하면 A가 B의 부분 또는 전체가 된다는 말이다. 그러
니까 '의자는 굳은 슬픔이다'는 진술은 의자라는 개념의
공간에 슬픔이 몇 평 정도는 확실하게 자리한다는 뜻이
다. 친절한 시인은 조금 더 설명해준다.

슬픔이 굳어 의자가 되었다

누가 앉을래?

---

21 《밤, 비, 뱀》, 현대문학, 2019.

다리는 네 개 매달리는 상념은 스물

앞을 보고 서 있는 사람이 하나

(……)

슬픔을 쪽지는, 비녀를 키워야지

누가 슬픔을 깔고 앉을래?

　　　　　　　　　　　—〈의자 열 개가 있는 창가〉[22] 부분

　슬픔이 굳어 의자가 되었기에 의자의 속성은 분명 슬
픔이다. 물질적으로는 앞을 보고 선 저 사람이 가진 스
무 개의 상념 중에 적어도 네 개는 슬픔이 된다는 뜻이
다. 그리고 그 사람은 비녀에 슬픔을 담아 머리를 쪽진
다. 여름의 할머니 이야기다. 〈가구 사용법〉은 이 소설에
서 가장 긴 분량의 이야기이자 오직 할머니와 의자에 관
한 장(chapter) 그리고 어린 오르페우스가 지하에 다녀
오는 장면이다. 시에서 의자가 슬픔이라는 명제를 내놓

22　《밤, 비, 뱀》, 현대문학, 2019.

았다면 소설인 〈가구 사용법〉은 할머니가 의자라는 명제를 덧붙인다. ("아니, 할머니는 의자였다."《여름과 루비》, 104쪽) 소설을 잠깐 보자. 할머니는 할아버지의 폭력을 피해 미국 큰아버지댁으로 떠나고 할머니를 많이 사랑한 여름은 그녀의 떠남에 대해 배신감을 느끼지만 한편으로 "어른들은 슬플 때 가구를 사용한다"(《여름과 루비》, 86쪽)는 것을 알고, 할머니 역시 마찬가지라는 것도 이해한다. (역시 여름은 어른이다.) 그래도 무척 슬플 수밖에 없기 때문에 여름은 의자 아래로 들어간다. 할머니가 미국으로 떠나는 날, 어린 오르페우스는 머리를 의자 아래로 넣고 엉덩이를 하늘 높이 치켜든다.

> 나는 의자 아래로 몸을 구겨넣었다. 최연소 서커스단원처럼 그 짓을 했다. 의자의 내부를 향해 돌진. 보이지 않는 터널을 통해 존재를 이동시키기. 여기가 아니면 어디라도 좋았다. 나는 강아지처럼 깡깡거렸다. (……) 나는 강아지야. 젖은 코를 땅에 박고 지하로 들어갈 거야.
>
> (《여름과 루비》, 84-85쪽)

어린 아이가 의자 아래로 몸을 반만 넣고 낑낑대는 이 장면은 아무리 아이라 하더라도 다소 민망하기도 하고 안쓰럽기도 한데 이게 다 슬픔 때문이니 어쩔 수 없다. ("머리를 수그린다는 건 세상을 잠시 꺼버리고 싶다는 의미다. (……) 정말이다. 슬픔으로 타격을 받은 자는 먼저 얼굴을 숨긴다."《여름과 루비》, 84쪽) 요컨대 여름은 슬플 때 '그 짓'을 한다. 자, 이제 우리는 다시 '그 짓'으로 돌아왔다. 여름이 고모가 시켜서 한 그 짓은 동화를 베껴 쓰는 일, 그러니까 글을 쓰는 일, 의자 아래에서 여름이 한 '그 짓'은 사람이 슬플 때 하는 어떤 짓이다. (오르페우스는 슬픔이 가득한 노래를 부르며 지하로 내려간다.) 시쓰기, 노래하기, 지하로 내려가기. 시인은, 〈예술은 낳자마자 걸을 수 있는 망아지처럼 태어나는 것 같다—은유〉에서 "은유는 지우면서 열기, 잊으면서 사랑하기"라고 말했다. 지우면서 열어내기, 슬픔을 의자로 지워내면서 동시에 슬픔 안에 고여 있지 않고 바깥으로 나아가기, 아픔으로부터 멀어지면서 동시에 그 아픔을 사랑하기—은유, 그러니까 시는 '할 수 없는 말'을 '할 수 있는 말'로 지시함으로써 그 안에 진실을 숨겨둔다. 시는 은유다.

그런데, 박연준에게는 소설도 은유가 될 수 있다. 〈할 수 있는 이야기〉와 〈할 수 없는 이야기〉는 개미 떼와 바나나로 은유된다. ("밤의 짐승들은 소리를 냈다. 둘이 있을 때. 이해하려 들면 안 되는 소리. 내가 이해할 수 있는 말은 두 가지였다. 아파. 이러면 아파? 응, 아파. 하지 말까. 아니, 해." 《여름과 루비》, 112쪽) 〈할 수 있는 이야기〉가 어린이가 듣는 부모의 섹스 장면을 몸에 개미 떼가 기어다니는 간지러움으로 은유하여 말해낸다면, 〈할 수 없는 이야기〉는 여름과 루비가 자신들의 약점이자 비밀인 새엄마와의 관계 그리고 타인들의 깔보는 시선에 대하여 각각 고구마와 콜라병으로 은유하면서, 말하지 '않'기를 택한다. 고구마가 슬프다고, 여자들의 몸은 콜라병이 되어야 예쁜 거라고 말하지만 정작 정말로 말하고 싶은 것은 말하지 않는다. "말할 수 없는 것, 그것은 정말 말할 수 없는 것이다."(《여름과 루비》, 118쪽)라고만 말하면서 말이다. '그 짓'은 개미떼와 바나나처럼 "인류의 근원"을 만드는 일, 인류의 시작(始作)을 시작(詩作)하는 일, 사랑의 근원 사건을 시작하는 일이다. 여름에게 그것은 사랑하는 이를 찾는 노래를 부르는 밤의 일이다. 여름밤의 시간.

4. 인간의 두 귀는 활짝 열려 있어서

어린 오르페우스의 욕망은 이야기를 재배열하려는 것이다. 그럼으로써 잃어버린 사랑하는 이를 되찾아오길 원한다. ("이야기를 탐하는 사람은 상처를 재배열하고 싶은 욕망이 있는 자다."《여름과 루비》, 160쪽) 오르페우스의 이야기는 결국은 에우리디케를 잃어버리기 위한 것이지만 그 최종적인 하나의 이별을 위해 그는 많은 죽음을 경험한다. 죽지 않고도 몇 번이고 지하로 내려간다. 〈찢어진 페이지〉에서 고모할머니의 자살을 경험하면서 '닫힌 이야기'는 멀리 나아가지 못하고 태어나자마자 곧장 죽어버린다는 것을 배운다. ("밖을 향해 이야기하지만 소통을 원하지 않는 듯 닫힌 이야기들. 자기가 자기에게 들려주는 이야기들. 웅크린 자세 때문에 이야기를 활기를 잃고 염불처럼, 태어나자마자 휘발되는 소리가 되었습니다."《여름과 루비》, 167쪽) 아빠의 죽음에서는 죽은 사람도 다시 죽을 수 있다는 걸 배운다. ("나자빠지는 가랑잎은 이승에서도 저승에서도 변하지 않았다. 죽기가 특기라는 듯 자꾸 죽어버렸다. (……) 아빠가 너무 여러 번 죽어서, 나는 만 번의 장례를 치른 것 같다."《여름과 루비》, 179쪽) 여러 번의 죽음을 몇 번이고 겪어서 삶과 죽음에 대한 진실을 피로할 만큼 배우고 또 배워도 루비와의 이별은 단 한 번뿐이다.

어떤 이별은 깔끔하다. 사과 반쪽처럼. 나뉘고 먹히고 사라진다.

—《여름과 루비》, 〈언덕에서 내려오기〉 중에서

루비와의 헤어짐에서 여름이 깨닫는 것은 언덕을 옮겨야 한다는 것이다. "그건 마치 신이 '나'라는 말을 다른 쪽을 향해 돌려세워놓은 것 같았다. 이제 이쪽을 봐. 여기, 이쪽이야. 다른 건 충분해. 충분히 봤어."(《여름과 루비》, 198쪽)라는 목소리에 붙들리는 일이다. 에우리디케는 어린 오르페우스를 밀쳐냈지만 실은 둘이 재회에 성공한 적이 있다. ("너한테 할 말이 있어서 왔어./다시 만난 루비는 돌멩이처럼 차갑고 단단해 보였다."《여름과 루비》, 〈오해하기〉) 이별의 확실한 목도 앞에서 여름은 아무 말도 할 수 없다. 모든 노래와 언어의 불능 상태. 에우리디케를 본 순간 이승과 저승으로 두 사람이 나뉘어 속하게 될 수밖에 없는 것처럼.

루비가 갑자기 일어서자 그네가 출렁였다. 나는 말이 나오지 않았다. 입을 여는 순간 눈물이 나올 것 같았다.

(《여름과 루비》, 216쪽)

여름과 루비의 이야기를 듣고 있으면 왜 어떤 사랑은 반드시 실패할 수밖에 없는지 묻게 된다. 사랑의 실패는 외롭고 힘들다. 별안간 혼자가 되는 일이기 때문이다. 둘이 함께 있던 언덕에서 내려와 각자의 언덕으로 가는 일이다. 루비가 학교 아이들의 놀림과 장난, 괴롭힘으로 힘겨워할 때 여름은 루비를 사랑했음에도 불구하고 루비가 여름에게 그랬던 것처럼 지켜주지 못했었다. 유년의 소심함과 불안이 사랑의 말을 막아서고 도망치게 했다면, 이별은, 다른 언덕으로의 이사는 그 말들을 끌어당겨 제자리에 도착하게 한다. ("루비 엄마는 애를 버린 게 아니야. 루비 엄마가 새벽에 루비를 데려갔어."《여름과 루비》, 〈언덕에서 멀어지기〉) 에우리디케는 이미 돌아간 후지만 오르페우스는 그 떠난 자리를 영원토록 지켜낸다. 어쩌면 떠난 후의 자리와 뒷모습을 지켜주는 일이 더 큰 사랑이 될 때가 있다. 비록 실패해야만 하지만 바로 그 실패로

인해 더욱 고귀하게 사랑하게 되는 비극적 운명 말이다. 유년의 사랑, 성장이 아픈 이유는 바로 그래서다. 유년의 사랑은 실패하는 여름이다.

떠난 엄마의 빨간 핸드백과 아빠의 종양에서 나온 피의 붉음 속에서, '그 짓'을 하며 노래하는 여름은 어떤 영원한 여름을 통과하는 중이다. 그것들이 단어가 되고 말이 되고 시가 되고 그리고 소설이 되어 우리에게 장면으로 당도한 것들을, 우리는 듣고 본다. 사랑과 실패의 참담함 속에서 여름이 최후로 배우는 것은 "어떤 여자들은 애를 버리기도 한다"는 것이다. (《여름과 루비》, 〈두 사람〉) 그것은 사랑에 대한 가장 크고 아픈 이해다. 루비와의 언덕을 떠나 자기만의 언덕으로 돌아오면서 여름은 바로 그 '어떤 여자들'의 언덕까지 그려낸다. ("그들의 언덕은 얼마나 높고 가파를 것인가."《여름과 루비》, 222쪽) 사랑은 실패했고 오르페우스와 에우리디케는 만날 수 없지만 그들이 각자의 현실을 살아가더라도 두 귀는 여전히 열려 있다. 사랑보다 더 사랑인 실패를 노래하고, 들으려고. ("인간의 귀는 접히지 않는다. 언제까지고 펼쳐져 있다."《여름과 루비》, 223쪽)

*

    귀를 열고 영원의 여름밤을 서성이는 어린 오르페우스는 계속해서 노래한다.

    돌아가려는 사람과 떠나려는 사람이
    한곳에서,
    멀어지게 해볼까[23]

---

23 〈바람의 혀〉, 《베누스 푸디카》, 창비, 2017.

작가의 말

어릴 때는 세상이 한 장의 돗자리같이 보였다. 작은 바람에도 내가 앉은 자리가 날아갈 것 같았다. 신발을 고쳐 신고, 다른 곳으로 옮겨가야 할 것 같았다. 지금은 세상이 묵직한 돌로 눌러놓은 마음 한 장 같다. 겨우 돌이지만, 돌에게 의지해 살아가야 하지 않을까.

쓰는 동안 작고 강한 돌, 여름과 루비에게 의지했다.

소설을 쓰기까지 멀리 돌아왔다. 필요한 시간이었다. 결국 내가 삶에서 '찢어진 페이지'를 쓰고 싶어 한다는 것을 알게 해준, 백다흠 편집장께 감사드린다. 이야기의 복판을 함께 통과해준 임솔아 시인과 전승민 평론가께도 감사의 말을 전한다.

'유년'이라는, 벗을 수 없는 옷을 입은 채 커버린 사람 곁에 서 있고 싶다.

2022년 여름과 루비 곁에서,

박연준

여름과 루비

1판 1쇄 발행 2022년 7월 15일
1판 5쇄 발행 2024년 7월 29일

지은이 · 박연준
펴낸이 · 주연선

(주)은행나무
04035 서울특별시 마포구 양화로11길 54
전화 · 02)3143-0651~3 | 팩스 · 02)3143-0654
신고번호 · 제 1997—000168호(1997. 12. 12)
www.ehbook.co.kr
ehbook@ehbook.co.kr

ISBN 979-11-6737-189-8 (03810)